# 精霊侯爵家の花嫁は二人に求婚されています

佐　槻　奏　多
K A N A T A　S A T S U K I

JN151964

一迅社文庫アイリス

CONTENTS

精霊侯爵家の花嫁は二人に求婚されています
サーシャ
侯爵位を継ぐために養子として迎えられた青年。希少な魔術の使い手。かつてリディーに求婚したことがあり……。
ジェラルド
カーティス侯爵家の若き当主。他家からの結婚話を避けるために、リディーに契約結婚を持ち掛けたけれど……。
リディーシア
愛称はリディー。モートン伯爵家の令嬢として転生した女性。父が亡くなったことで代々続く借金が発覚。事業を起こし、完済したものの結婚問題が浮上。ジェラルドから好条件の契約結婚を持ち掛けられ……。

# Character

## ペルカ子爵

仲介者が誤って打診してしまったリディーのお見合い相手。モートン伯爵家の事業を乗っ取りたいようで……。

## ブレア公爵令嬢

ジェラルドから求婚を拒否されている令嬢。断られてもジェラルドとの結婚を諦めていないようで……。

## ロアンナ

前侯爵夫人であるジェラルドの母。

## ゲラン

カーティス侯爵家の執事。

# Word

### カーティス侯爵家

広大な森林や山を擁する土地を持つ貴族家。『精霊に祝福された家』としても有名で、精霊の力を持つ品を多数所蔵している。

### 精霊

実在は確認されているものの、めったに出会えない希少な存在。

### モートン化粧品

リディーが立ち上げた化粧品事業。主に庶民向けに販売しているが、貴族の顧客も増えている。

イラストレーション◆宵 マチ

Pride of The spiritual Marquis e Tw [illegible]

# プロローグ　大混乱の婚約拒否

——転生したら貴族令嬢だった。

本来なら当たりを引いたと言える状況だ。

だけど実際のところ、貴族になったぐらいではハッピーエンドにはたどりつけない。

例えば代々受け継いだ借金が発覚したり。

それを前世の知識で色々作って返したと思ったら、結婚問題でつまずいたり。

(しかも王子様なんて都合の良い存在は、出てこないのですわ。だから私が自分でコレをどうにかしなくてはならないのですけれど……)

沢山《たくさん》の淡い色の薔薇《ばら》が飾られ、シャンデリアの明かりが降り注ぐ華やかな舞踏会。

その片隅にある長椅子《ながいす》が並べられた一角で、リディーは目の前の三十代の男をじと目で見る。

灰色の絹地に銀の刺繍《ししゅう》もまぶしい服を着たペルカ子爵だ。

ペルカ子爵は四角い顔に笑みを浮かべて言う。

「名前を間違えて私に打診なさったとはいえ、これも運命の女神がもたらした縁というもの。どうですかな？　リディーシア嬢。このご縁を大切にするというのは」

本名である「リディーシア」と名前を口に出されて、リディーはぞわっとする。でも愛称の「リディー」で呼ばれていないのが救いか。

同時に、ペルカ子爵の口調から、前世の『ねっとり男』と有名だった係長を連想してしまう。

柔らかく頼んでいるようで、相手を非難している表現のせいだろう。

例えば『昔とは違うからなぁ』と理解を示すふりをしつつ、今の女性社員がお茶くみなどをしないことを、『昔の女性は優しかったのになぁ』と言うようなあれだ。

ペルカ子爵の場合は、婉曲《えんきょく》にではあるものの、そっちが打診したのだから責任をとって婚約しろと言っているのだ。

おかげで彼への印象は最悪だった。

「大切にというと……？」

隣にいるリディーの母が聞き返すと、ペルカ子爵はにっこりと笑う。

「手違いかもしれませんが、私としてはこの上なく魅力的なお話なのです。なにより、リディーシア嬢はとても魅力的なご令嬢ですし」

そう言いつつ、ペルカ子爵の視線がリディーの上半分だけ結い上げた銀の髪や、オレンジに白のチェック柄のドレスの肩やその下へと移っていく。

リディーは自分の碧《みどり》の目が吊《つ》り上がっていくのを感じた。

（気持ち悪いのですわー！　今すぐ手に持った扇でぶったたきたいのですわー！）

レースを幾重《いくえ》にも重ねたベルスリーブの袖の下で、ぎゅっと扇を握り締める。

(そもそも、三十代のおじさんに十九歳の私が魅力的だと言われて喜ぶとでも? 頭沸いてるんじゃないんですの?)

心の中で毒づきながらリディーが表面上は笑顔を保っているのは、他家の主催したパーティーの場だからだ。騒ぎを起こせば、リディーの評判が落ちてしまう。そんなことはできない。

リディーは婚活真っ最中なので、それだけは避けたかった。

——リディーの肩に、モートン伯爵家の存亡がかかっているのだから。

こうなったことの起こりは、数年前にリディーの父が病で急死した後、借金が発覚したことだ。

それは領地を売っただけでは賄えないくらいの金額で、多額すぎて母もリディーも白目をむくほどだったのだ。

思えば以前から、父の倹約ぶりは不思議だった。

豊作ばかりではなくとも、ひどい日照りもなかったのに。

節約が好きなのかと思っていたが、全ては借金のせいだったのだろう。

問題の借金は十代ほど前の先祖が作ったものだった。

父も、祖父も、そのまた祖父も、どうにかしようとした痕跡が帳簿にはあった。

でも、どうにもできなかったらしい。ちょっとずつ返したと思ったら、数十年に一度の災害で膨らんだりを繰り返し、じわじわとしか減らせずにいた。

発覚した時はめまいがしたリディーだったが、一番の大口の借金相手が寛容な人だったのは幸運だった。

おかげでリディーは、金策をする猶予をもらったのだ。

リディーは通い始めて一年目の学院を辞め、なんとか前世にあった物で今の世界には無く、自分が作れて沢山売れそうな物を考えた。

結果、モートン伯爵家は化粧品で名を上げ、借金も完済できたのだ。

しかし借金問題で……リディーの結婚が遅れた。

貴族令嬢は十八歳までには婚約者がいて、二十歳の前には結婚するのが常だ。

十九歳で婚約者もいないリディーは、確実に出遅れている。

ただ結婚ができないだけならいいのだが、商売に影響が出るのだ。

適齢期のうちに婚約だけでもできないと、せっかく立て直した家の評判が下がって、ひいては化粧品の売れ行きも落ちてしまう。

しかもこの国の貴族の間では、年齢が上がると結婚相手としては敬遠され、条件の悪い人しか結婚に応じてくれなくなる。たとえば、没落して名前だけの貴族とか、放蕩《ほうとう》者で婚約者に逃げられた男性以外は、お見合いにすらこぎつけられなくなるのだ。

（浪費家とうっかり結婚して、借金問題リターンなんて嫌なのです！）

だからリディーは、結婚するため重い腰を上げたのだが……。

予想外のミスが発覚した。

母の親族にお見合いの仲介を頼んだのだが、希望の相手ではなく、勘違いでペルカ子爵に打診してしまったらしい。

しかも顔合わせのパーティー直前にわかったので、この場で断るしかなくなってしまった。なにより、ペルカ子爵とは絶対結婚したくない。

「お互いの家の力を合わせれば、さらに発展させることができますぞ」

(この方、うちの商売を乗っ取る気ですわ!)

この流れからリディーはペルカ子爵の思惑を察した。

ペルカ子爵の方は、気分良く語り続けている。

「手始めに、我が家の商品を置いている商店にですね、そちらの商品を納入させましょう。展示する時は、両家の商品を並べて販売するというのもなかなかいいですね」

「あの、うちのリディーシアとの婚約の話は、間違いだったのですが?」

リディーの母が、果敢に抵抗を試みる。

「それはきっかけにすぎません。ここでぜひ貴族用の商品を売って、新たなステージを目指すのです! うちが懇意にしている工房で金《きん》の容器を作りましょう。きっと効果も倍増ですよ! いかがですかなリディーシア嬢? いえ……親しみを込めてリディーと愛称で呼ばせていただいても?」

リディーは嫌悪感で背筋《せすじ》がぞぞっと寒くなった。

（ぜぇったいお断りですの！　愛称を呼んでもいいのは、お母様と親しい方達だけですのよ！）

ここでリディーは決断した。

やんわり言ってもダメなら、今ここではっきりと白黒つけるのだと。

「何度も申し上げておりますが……」

言いながら立ち上がったリディーは、宣言する。

「私リディーシア・モートンは、あなたと婚約はしませんので！」

リディーの大声が周辺に響き渡る。

ちょうどダンスの曲の切り替わりで、音楽すらなかったことも影響したらしい。

数秒間、会場全体がシーンとした。

衆目の前で断られて、恥をかかされたペルカ子爵の顔が真っ赤になっていく。

拒否されていることを周知されたら、さすがに引くだろうと思ったのだが、喧嘩《けんか》をするつもりならそれでもいい。

リディーは返り討ちする気満々で自らの拳《こぶし》を固めた。

剣の練習だってしてきたリディーだ。決闘だって受けて立つと思っていたのだが。

「そう、君と婚約する気はない。お父上にもそう申し上げたはずだが？」

響きのいい声が耳に届く。

リディーも、そしてペルカ子爵もその声の主《ぬし》を探してしまう。

二つ右隣の長椅子に座る貴公子が、先ほどの発言をしたことがわかる。

もう一件、婚約拒否事件が起きていたようだ。

奇遇だ、と思ったリディーだったが、発言者の顔を見て目を丸くする。

（ジェラルド・カーティス侯爵様!?）

ベージュブロンドの長めの前髪の下にある、青みの強い藤紫の瞳《ひとみ》。

冷たい視線を周囲に向けながらも、その甘い容貌のせいで貴族が通う学院ではひそかに人気が高かった人だ。

ジェラルドの目の前にいるのは、ブレア公爵令嬢だったか。激しく波打つ黒いブルネットの髪を結い上げた女性だ。

そのブレア公爵令嬢は、なぜかこちらを振り返った。

目が合った瞬間、彼女はつぶやく。

「まさか、モートン伯爵令嬢と？」

「ん？」

リディーは、恐ろしく勘違いをされた気がした。

ほぼ同時に婚約を断ったのを、示し合わせたみたいに感じたのか？

リディーは、思わずジェラルド達から目が離せなくなる。

それが悪かったのだろう。

今度はペルカ子爵がリディーとジェラルドを見くらべながら叫んだ。

「まさか、カーティス侯爵と結婚することが決まったから、断っているのではないでしょうな!?」

その声に、ブレア公爵令嬢が「やっぱりそうなのですね！」と悲鳴を上げた。

ここで周囲はジェラルドとリディーが付き合っている！　と思い込み、騒然となっていく。

あげく、人が集まり始めた。

「カーティス侯爵様、ご結婚がお決まりなのですか？」

「結婚式にはぜひご招待を……」

「ブレア公爵令嬢、おかわいそう」

がやがやと人々が好き勝手なことを言い出す中、誤解が大きくなっていくことに、リディーは内心でおののく。

(困りましたわ。無理に訂正するとペルカ子爵に、誰もお相手がいないならと付け入るスキを作ることになっちゃうのですわ。とはいえ、このままでは私がカーティス侯爵様に怒られてしまいそうなんですのよ)

侯爵家ほどの権力があれば、リディーの家の事業なんてぷちっと潰《つぶ》せる。

怒ってないといいなと思いつつ、ちらりと彼を見ると……。

ジェラルドは微笑《ほほえ》んでいた。

でも彼の目は、笑うというよりも、獲物を見つけた猛禽《もうきん》類のよう。

なぜ？　とリディーが混乱していたら、ジェラルドはつかつかとこちらへ移動してきた。

「リディーシア。モートン伯爵令嬢」

「は、はい」

蛇ににらまれたカエルのように縮こまったリディーだったが、ジェラルドがさっと耳うちしてきた言葉に目を瞬《またた》く。

「あなたもお困りの様子。二人でここを切り抜けましょう。私に合わせてください」

怒っていない。しかも、この場を切り抜ける提案をしてくれるとは。

この手を取るのが最善だと判断したリディーは、うなずいた。

するとジェラルドは慣れた様子でリディーの肩を抱き寄せる。

「!?」

リディーが驚いて言葉も出ないうちに、ジェラルドが宣言した。

「皆さんの疑問にお答えしましょう。僕は彼女と結婚を予定しております」

「えええええ！」

「なんですと!?」

一気に喧騒《けんそう》がひどくなる。

近くにいたペルカ子爵の大声に顔をしかめていたら、ジェラルドが耳に手を当ててくれる。

大声から庇《かば》ってくれたのだと気づいて、リディーは意外な気持ちになる。

(あら、気遣《きづか》いが素晴らしい方ね)

さそいな自分の表情に気づくなんて。と思っているうちに、さらに状況は進む。

「それでは、場を騒がせて申し訳ございませんでした」

言うだけ言って、ジェラルドがリディーを連れて会場を出て行こうとした。

戸惑うリディーに、ジェラルドはささやいた。

「ここは騒がしすぎる。別の場所で今後のお話をさせていただいても?」

とにかく、ジェラルドと話すしかない。リディーは「はい」と言って歩き出す。

とたんに耳をつんざくような悲鳴が上がった。

「いやああ！　嘘《うそ》！　この泥棒猫！」

悲鳴の元はブレア公爵令嬢だったが、叫ぶのに忙しくて掴《つか》みかかってはこない。

「り、リディー」

とっさのことに愛称で呼びかける母に、リディーは言った。

「後をよろしくお願いいたします！」

察しの良い母は、困惑しつつもうなずいてくれたのだった。

一章　契約結婚の申し出

会場を出たジェラルドは、近くにいた使用人に馬車を回すよう指示した。

そしてリディーに、この先の行動について説明してくれる。

「ゆっくりお話ができる場所に心当たりがあります、我が家の馬車にご同乗いただいてお連れしたいのですが、よろしいですか？」

「あの、どちらへ向かうのでしょうか？」

一応、行き先を聞いておくと、ジェラルドはすぐに答えた。

「近くにある、私が所有しているレストランへ行きましょう」

侯爵家ともなれば、レストランの一つや二つ所有しているらしい。

「承知いたしましたわ」

リディーはうなずく。

知り合いでもない他人の馬車に乗るのは不安だったが、今は仕方ない。

ここにいると、いつどこからブレア公爵令嬢やペルカ子爵が突撃してくるかわからないのだ。

（そもそも侯爵様の意に反しても、いいことがないし……）

猫の額ほどの領地しか持たないリディーの家と、カーティス侯爵家は違う。

カーティス侯爵家は広大な森林や山を擁する土地を持ち、平野部では麦の栽培も盛んだ。

王国の成立時からある侯爵家なら、当然だろう。

そんな侯爵家の当主ジェラルドは、まだ二十三歳だ。

父親が病気で早世したので、十九歳の時に爵位を受け継いだ。そんな彼は、外交使節として何度か外国へ訪問している。

それで培《つちか》った人脈を使い、最近は交易でもかなりの利益を出していると耳にした。

しかも希少な精霊が祝福した品をいくつも所有していて、そのせいか「精霊侯爵家」と呼ばれている。

そんなことを考えているうちに、エントランスへ到着する。

車寄せには、すぐに侯爵家の馬車がやってきた。

ここまで来たら引き下がれない。決心してリディーは乗り込み、えんじ色のふかふかとした座席に座る。すぐに馬車は出発した。

パーティー会場になっていた、某伯爵家の邸宅を離れ、馬車は王都の町中を走り続ける。

やがて王都で最も大きな緑地である、ティリエール公園をぐるりとめぐり、十字路を右に行ったところで馬車は止まった。

さっそく馬車から降りようとしたリディーは、先に降りていたジェラルドが、扉の近くに立って手を差し出していることに気づく。

断るのもジェラルドがびっくりするかもしれないし……と、彼の手を借りたリディーだったが。

（ジェラルド様と手を繋《つな》いでしまいましたわ！）

内心ではちょっとドキドキしていた。

学院に通っていた短い期間、通りすがりにジェラルドの手を握ろうとする女性を見かけることが何度もあった。

けれど全員が失敗していた。

直前にさっと手を引っ込めるジェラルドを見て、リディーは目を丸くしたものだ。

手を握る他にも、パーティーに同伴したいというお願いも全て断っていた。

なので、なかなか楽しいあだ名がささやかれていたのを思い出す。

（あの頃は『氷の貴公子……ぷ』と笑っておりましたけれど、まさかこんなことになるとは）

過去のことを思い出しつつ、ジェラルドに導かれるまま目の前の建物に案内された。

そこは古い石造りの屋敷を改築したレストランだった。名前も知っている。

「シャムローグ、有名なお店ですね」

田舎《いなか》育ちのリディーも、ここが貴族の間で流行しているレストランだと知っている。

まさかカーティス侯爵家の所有だったとは思わなかったが。

店に入ると、二階の奥まった部屋へ案内された。

中は貴族の邸宅の居室という趣《おもむき》で、十人ほどで会食できそうな飴《あめ》色のテーブルに刺繍《ししゅう》の美しい白いクロスがかかっている。

椅子《いす》はベルベット張りの背もたれに彫刻のある逸品。

そこに座ってすぐ、お茶と何種類かのケーキが運ばれてきた。

給仕をした店員が立ち去ったところで、ジェラルドが立ち上がって――頭を深く下げた。

「巻き込んだうえに、勝手なことを発言して大変申し訳ありませんでした」

「え、あの、巻き込んでしまったのはこちらもですから、その」

リディーも慌てて立ち上がってしまう。

きっと苦言ぐらいは聞かされるはめになると思っていたのに、まさかの謝罪だ。

そもそも結婚をすると言ったことも、直後に『破談になった』と言ってしまえばなかったことにできてしまう。

それで問題が起きるのは、たぶんリディーだけだ。

尊大な貴族なら、そんな要求をしたうえで、代わりに金銭で話をつけようとするのに。

「こちらこそ、勘違いをさせるようなことをして申し訳ございませんわ」

「いえ。勘違いを助長したのですから……。あなたなら大丈夫かと思いまして」

「私の方も、便乗して逃げたので……」

しばらく謝罪合戦をしていたが、ふと気になる単語が聞こえた。

「それにしても、私なら、とは？」

「あなたなら、あの公爵令嬢でもひるまないだろうと思ったのです」

「ええと、私のことをご存じだったのですか？」

ジェラルドはうなずく。

「学院で見かけていました」

「だから私の名前をご存じだったのですね……。でも私、一年しか通っていなかったので、ほとんどの方が覚えていらっしゃらないのに」

当時のジェラルドは十九歳、十五歳だったリディーとは学年が違う。

おまけにリディーは一年未満で学院を辞めたので、こちらの存在なんて気づきもしていないと思っていたのだ。

そう言うと、ジェラルドは笑う。

「図書館へ通って魔物や魔術の本ばかり読んでいる学生は、あまりいませんからね。珍しいからと、あなたの噂《うわさ》をしてる学生は多かったんですよ」

「お恥ずかしいですわ」

予想以上に目立っていたのかと、顔を覆ってしまいたくなる。しかし、ジェラルドの方はそこまで奇異だと感じなかったらしい。

「恥ずかしいとは思いませんよ。だいたいの人が、同じように魔物に興味を持つ時期を経験していますからね。おとぎ話を聞いて、実際はどうだったのか知りたくなったという人も多い」

「お、おほほほほほ……」

リディーは笑うしかない。

おとぎ話を聞いて間もない、子供の時なら興味を持っても当然だろう。

学院に入る十五歳で、魔物のことがもっと知りたくて図書館に入り浸る人はそうそういない。

リディーがそれに気づいたのは、借金のせいで辞める寸前の時期だ。

あの時も恥ずかしいと思ったが、こうして気遣《きづか》われるのも身を隠したくなる気分になる。

(ま、まぁ、おかげで侯爵様に顔を覚えていただいていたのですから)

そうやって自分を慰めることにした。

「とりあえずお座りください」

ジェラルドに促され、二人で立ったまま話し続けていたことに気づく。

リディーがいそいそと座ったところで、ジェラルドが尋ねてくる。

「ところで、ペルカ子爵とは一体どういう関係で?」

尋ねられたリディーは事情を話した。

「実は……お見合いの相手が間違っている、という妙なことが起こってしまいまして」

仲人役《なこうど》の母の親戚が、なぜか手違いをしたことを話す。

「そうですか。僕も、ペルカ子爵が勘違いして騒ぐ理由がわからなかったのですが……。それは気の毒でした」

「ご同情いただいて恐縮です。ペルカ子爵にもその説明をしたのですが、我が家の事業を手に入れたい子爵が、話をそらしてまともに取り合ってくださらなくて。それでつい、カーティス侯爵様が関係しているなら、すぐ諦めていただけるのではないか？　という欲が出てしまいまして、訂正せずに侯爵様の案に乗ってしまいました」

リディーは改めて「ご迷惑をおかけいたしましたわ」と謝る。

「こちらも似たようなものです」

今度はジェラルドが説明を始めた。

「実はブレア公爵家から、亡き父が僕と令嬢を結婚させる約束をしていたと、急に言われまして。生前の父からは、そんな話を聞いた覚えもないですし、死後何年も経《た》ってから急に言われたので……。まぁ、嘘《うそ》なのでしょう」

呆《あき》れた様子でジェラルドは続ける。

「そんなことをする心当たりといえば、ブレア公爵家の財政が最近悪いことですね。昨年、あの家の商船が一つ沈んでいますので、負債が増えたのではないかと……。その補填《ほてん》をするため、娘と僕を結婚させて、侯爵家の財産を使おうと思ったのでしょう。けれど僕が騙《だま》されてくれないので、あの場で婚約相手だと喧伝《けんでん》しようとしたのです」

婚約したと触れ回り、ジェラルドの知らないところで事実を積み上げようとした、と予想しているらしい。

「醜聞を嫌がる人間なら、押し付けられてしまったでしょう。でも僕は、それを堂々と断ったぐらいで評判を落とすことはありませんから」

その結果、ブレア公爵令嬢の方が婚約の話を公然と拒否され、大恥をかいてしまったのだ。

「ただ僕としても、率直に断ることにためらいは感じていました。逆上させると、人はどんな行動に出るかわからないですから。なので同じ瞬間に、婚約を拒否する方がいたことに便乗し……あなたを巻き込んでしまった」

「あの、ジェラルド様が私を巻き込もうとした理由をお伺いしても？　婚約者の代役が必要なら、それなりに融通《ゆうずう》が利く相手はいくらでもいらっしゃるかと思います。私以外の方に、ご依頼なさらなかったのですか？」

ジェラルドは数秒だけためらうように黙り、それからじっとリディーを見つめ直した。

「事情がありまして……。それに、偶然こういうことになりましたが、あなたが最適だと、思っていたのです」

婚約者だと錯誤させるのに、容姿や評判の良さで選ぶならわかるけど、最適とはいかに？

リディーは首をかしげた。

「最適、とは？」

「たぶん、こんな提案をしても冷静に考えられるのは、リディーシア嬢だけではないか、と思ったのです。学院で、興味の向くものしか気にしない人だというのは見聞きしていましたから。そういう方なら……僕の家の財産に目がくらむこともなく、冷静に話せるのではないかと期待したのです」

「あ……」

学院では、ほとんどの貴族令嬢が将来の結婚相手を探していた。

だから女子生徒は自分の価値を高めるため、ドレスや髪型、アクセサリーにも気を使っていたのだが、リディーは結婚のことなど気にせず趣味に走り、それにともなって地味さも極まっていた。

だから興味のあることしか気にしない、と思われていたのだろう。

リディーがそんな行動をしていた理由は、二つある。

理由の一つ目は、贅沢《ぜいたく》をする気持ちがなかったこと。

元々、『貴族令嬢になりましたわ!』と着飾ることを楽しむ気は起きず、ファンタジー世界を楽しみたいという欲求の方が強かったのだ。

だから持参金の問題で身分の高い相手との結婚ができそうにないとわかったら、さっさと結婚のことなど意識の外に放り出してしまっていた。

二つ目の理由は、前世からのトラウマだ。

(前世では不美人でしたもの……。誰かに振り向いてもらおうとする気になれなかったのですわ)

今は普通の顔立ちになったとは認識している。

でも自分が着飾ったところで、ブスが値段の高い服を着てもね……と笑われたことを思い出し、同じ目に遭うのではないかと思ってしまうのだ。

今でこそトラウマは薄れて、その場に合ったドレスを着ることも抵抗はなくなった。それも、商売に必要だからと着飾るようになったからでしかない。

そんなトラウマによる行動が、リディーは利権に目の色を変える人間ではない、という信頼を得る要因になっていたらしい。

理由はだいたい理解した。

リディーが納得したのを表情から読み取ったのか、ジェラルドが切り出した。

「そんなリディーシア嬢にお願いがあります」

「なんでございましょう?」

リディーは、ブレア公爵令嬢を遠ざける手伝いを頼まれるのかな、と考えたのだが。

ジェラルドの頼み事はもっと衝撃的なものだった。

「……一年でいいんです。僕と結婚してくださいませんか?」

「本気ですの!?」

思わず大声を出してしまって、慌てて口を両手で覆う。

それから小声で疑問をぶつけた。

「会場で言ったことを、本当になさるおつもりですか？」

「はい、そうです。実はすでに養子をとっていて、彼が成人するのに一年かかります。その間だけでいいので、僕と夫婦という形になってほしいのです」

「ふうふ……」

言葉をはんすうしつつも、リディーは信じられない気持ちだった。

まさかこの人生で、身分の高い美青年から求婚されるなんて事件が起きるとは。

（……求婚の経験は一回だけありましたけれど。あれは子供の口約束ですし）

十歳の頃の告白された事件は、心の奥底にしまい込む。

小さい子供同士の「結婚しようね！」という約束なんて、先方も忘れていることだろう。

（とりあえず、後継者問題のことを考えると、ジェラルド様が普通の結婚を避けているのも理解できますわね。実子ができた場合に、跡継ぎ問題が起きてしまいますもの）

次の侯爵になるつもりの養子と、生まれた実子の間で争いが起きるなんて話は、あちこちで聞く。たいていは子供が授からない夫婦が親族から養子を迎えた後で、実子ができてそちらに情が傾いて……というものだが。

妻の身分が高くて発言力が強い親族がいる場合、ジェラルドが養子に継がせるつもりでいても、押し切られる可能性だってある。

だからジェラルドは、契約結婚をしてくれる人を求めているのかもしれない。

　リディーは一口お茶を飲んで、心を落ち着けて確認した。

「契約結婚は……他家からの断りにくい結婚話を避けるためでしょうか？」

　ジェラルドはうなずいた。

「話が早くて助かります」

　そして彼は付け加えた。

「やはり、リディーシア嬢は素晴らしい。理解の早さも、察する能力もさすがですね」

　賞賛されて、リディーシアはうろたえた。

「え、あの、普通のことですので」

　それぐらいは、考えたら誰でも思いつくものだと言えば、ジェラルドは首を横に振った。

「そうでもありませんよ。あなたが賢い人だからです」

　ほめられ続けたリディーは、なんだか暑く感じて額に汗が浮かんでいないか心配になる。

　とにかく話をそらそう。

「そ……それにしても、もうご養子がいらっしゃるなんて、ずいぶん早いご判断ですのね？」

「母の病気のため、異国へ薬を探しに行きたいと思っているんです。でも異国で僕の身に万が一のことがあれば、領地も母のこともままならなくなります。だから、万が一の場合に託せる後継者がすぐに必要だったんです」

　ジェラルドは率直に教えてくれた。

(たしか前侯爵夫人は、あまり人前に出ないと聞いたことがありましたわね)

病気が理由なら、治療が難しいから薬を探しに外国へ行きたいのだろう。

ジェラルドは家族思いの人のようだ。

「ご家族に関わるご事情があるなら、養子をとるのもうなずけますわ」

「それで、僕の提案についてはどう思いますか？　結婚していただけますか？」

ジェラルドが答えをせかすように聞いてくる。

「ええと……」

リディーはもう一度沈思黙考《ちんしもっこう》した。

この結婚を受けてもいい、と思う。

初婚の相手が彼なら、リディーの価値が上がるのだ。

一年経って離婚した後も、現在の『女だてらに商売に手を出した伯爵令嬢』よりも『元侯爵夫人』の方が、聞こえがいい。

それにリディーがもう一度結婚したくなっても、今度は貴族に限らなくてもよくなる。

二回目以降の結婚に対しては、周囲も目くじらを立てなくなるのだ。

再婚するのは、たいてい年齢が上がってからのことになる。そうなったら相手を選ぶのが大変だから問題にしないように、という暗黙の了解が、この国の貴族にはあるらしい。

そうして、二度目以降に商人や騎士と結婚する貴族令嬢の話はよく聞く。

（私にとっては、好きになった人と結婚できるようになる、という利点がありますわ。今のままでは、前世みたいに心惹《ひ》かれた相手と添い遂げる、なんて無理ですし）

つかの間のときめきなら、リディーも何度か経験したことがある。

相手は仕事でかかわった商人だったり、たまさか知り合った騎士だったり。

なので、自分は貴族に好みの男性がいないのでは？　と密《ひそ》かに考えていた。

それに前世の記憶がある分、他の令嬢のように生活水準を落とさないために、ふさわしい身分と資産がある相手で、似合いの年齢であれば……なんて基準で結婚したら、苦痛ばかりになるのではないかと心配していたのだ。

それに比べて、ジェラルドとの契約結婚ならばそんな心配はないし。

（正直、悪い気はしないのよね）

やはり隣に並ぶ相手が、それなりの美丈夫《びじょうふ》だと嬉《うれ》しい気持ちもあるのだ。

もし性格が合わないとしても、一年後には離れられるので、そのあたりも気楽ではあったが。

「悪くないですわ……。そう、少し条件をのんでいただければ」

考えすぎたせいなのか、リディーの本心がぽろっと口からこぼれ出る。

「条件とはどんなものですか？」

尋ねたジェラルドに、どうせなら言ってしまえとリディーは正直に告げた。

「できれば事業への出資をしていただけると嬉しいですわ」

借金を返したとはいえ、事業がいつも上手《うま》くいくとは限らない。

いつだって運転資金や後ろ盾はウェルカムだった。

ただ、事業への出資を求められたら、ジェラルドも嫌がるかもしれないが……。

「わかりました」

かなりあっさりと、ジェラルドはうなずいた。

「え、いいのですか？　出資にあたって、経営状況の資料がほしいとかは……」

「後で大丈夫です。それによって出資の金額はいくらか調整させていただきますが、モートン家の事業については噂に聞いていますし」

そしてジェラルドは、さらにすごい提案までしてくる。

「元々僕は、約一週間後のルーヴェル王国使節を迎えてのパーティーに同伴していただき、そのまま先方に、ルーヴェル王国からの輸入品に関して、あなたの家で取り仕切ると、かの国の大使に直接紹介することも、対価にしようと考えていました」

「ルーヴェルですの!!」

リディーはいつになく興奮する。

あの国は、大きな密林を抱えている。

密林の植物からは、様々な薬品の材料などがとれるのだ。

もちろん、リディーの家が売っている『モートン化粧品』の材料になりそうな物も。

（こんな幸運に恵まれるなんて思いませんでしたわ！　ああでも、ここでも侯爵様に落胆させるようなことはしないようにせねば、ですわ）

商売は信用。

借金のために事業を起こしたリディーは、それだけは守ってきたのだ。

一度咳《せき》ばらいをして、仕切り直す。

「ええと、我が家の商売は化粧品のみですわ。それに関係する品だけで結構ですの」

何もかも総取りしたいという、欲深い姿勢は見せない。

そんなリディーに、ジェラルドが微笑《ほほえ》む。

「取引する品の選択はお任せします。結婚の話を受け入れていただければ、当日は同伴していただくことですし。あと……もう一つ、こちらからの条件で受け入れていただきたいことがあるのです。母の病気については他言無用に願えますか？」

「お母様は、どのようなご病気なのですか？　ええと、伺っても大丈夫でしょうか」

言ってしまってから、ぶしつけな質問かと思ったが、ジェラルドは気分を害した様子はなかった。

「めずらしい病気ではないのですが、無理をすると夕方から寝込んでしまうもので。ただ詳細を知ると誤解されかねない病気のため、外に漏れないようにしたいのです」

不治の病は珍しくない世界だ。そういったものの一種だろう。

リディーも、転生したと気づいた当初は、あれやこれやの病気にかかったらどうしようとか、そんな心配をしたものだ。

(外に出られなくて、不治の病であまり人に話したくないもの……。水虫ではないでしょうし、長く患《わずら》っているもののすぐ命に関わらないとなれば癌《がん》ではなさそうですし。眼病とかかしら?)

つい推測しつつ、リディーはうなずいた。

「承知いたしました。侯爵家の評判に響きますものね」

貴族は名誉と血筋でできていると言ったのは、どこの詩人だったか。

それほどまでに、貴族は自分の評判を気にして生きている。

十代前の前王朝の王様が、不名誉を嫌って爵位を剥奪《はくだつ》したり、放蕩《ほうとう》をつくした貴族を処刑した後遺症なのだろう。

その後の貴族が、自分の名誉を守るために表面上だけでも居住まいや行動を正し、時には隠すために誰かを陥れるようになったのは、自然の流れというものか。

とにかく貴族の中の貴族である前カーティス侯爵夫人なら、評判を重んじるのも当然だ。それを守れば、一年間だけの姑《しゅうとめ》とも上手くやっていけるだろう。

(それで長く出資していただけるなら、安いものですわ)

「では、契約内容を書類にしますか?」

「そうしていただけると嬉しいですわ。でも秘匿《ひとく》できる物を……」

リディーの求めに応じ、ジェラルドは店の者を呼んで一枚の紙を運ばせた。

半透明の紙は、薄い銀の模様が描かれている。

その銀の模様が一部ハッキリしている部分があるが、それは契約書であること、その内容を双方が守ることと、内容を見られるのは、契約者の血を必要とすると書かれている。

魔術がほどこされた契約書だ。

そこに契約内容を、ジェラルドが書いていく。

契約期間は一年。

期間内の金銭や生活についての条件。

侯爵夫人らしい品位を保つためのお小遣いの額も記載してくれたのだが……。

リディーは目を丸くした。

(そんな大金を使わせてくれるんですの？　私、自分の資産がありましてよ？)

ジェラルドに言うべきか考えたが、実際に使用する金額を調整したらいいか、とリディーは黙っておくことにする。詳細は後で詰めればいいのだから。

他は侯爵夫人らしい行動を求める内容だったので、うなずく。

(パーティーの出席は、同伴になるのも当然ですわよね)

途中でジェラルドが顔を上げた。

「一つ心配ごとがあるのですが。夫婦らしくするためだったり、ダンスなどで体に触れることがありますが、そちらはお許しいただけますか？」

「もちろんです。疑われては困りますものね。そのあたりは条件に書く必要はないかと思います」

体に触れずにダンスをしろとか、不可能にもほどがある。

「それでは、そちらの条件をご記入ください」

促されてリディーも書き込む。

事業への出資とその割合。

リディーが実家の事業にたずさわり続けること、その活動の自由。

書き終えたリディーは満足し、ジェラルドに告げる。

「これでお願いします」

最後に二人で、針を指に刺し、にじんだ血を紙に押し付ける。

とたんに紙に描かれていた模様が淡く輝き、一瞬でリディーとジェラルドが書いた契約内容だけが消えた。

残るのは、元から書かれていた契約書という文字と、リディーとジェラルドの署名のみ。

契約書はリディーに手渡された。

「ありがとうございますわ。では……結婚の行程についてはどうされますか？」

個人間の合意だけでは結婚にはならない。

前世のように婚姻届を提出するだけでは済まず、貴族ならやることが色々ある。

リディーはそのこともすぐに決めておきたかった。

「今日中に、結婚の届け出を王家にするつもりですが……それは大丈夫でしょうか？」

ジェラルドに尋ねられて、リディーは了承した。

「はい、問題ございませんわ」

「それと僕としては、結婚式を二か月以内には済ませたいのです。こちらはご了承いただけるでしょうか？」

ジェラルドが心配そうに言う。

通常、貴族は婚約して一年後くらいに結婚する。

結婚に必要な物をあつらえたり、最良の品でドレスを一から作り上げるためにも、それくらいの時間をかけるものだ。人によっては自分でベールを編んだりすると聞いたことがある。

結婚式にまつわる手順に、思い入れの強い女性が多いからだろう。

ただリディーは、自分にまともな結婚ができると思っていなかったので、何一つ理想は持っていなかった。

「早く爵位を継承なさりたいんですものね。これも大丈夫ですわ」

リディーがうなずいたが、その場合、一つ懸念があった。

「ただ、結婚式は普通に挙げるのですよね？　そうすると、婚約披露パーティーはどういたしましょう。事前にとなれば……かなり急いで行いませんと。むしろ、お手紙を送るだけにしては……と思うのですが」

心配なので、リディーはちょっと言い訳をしておく。

「これは別に、ケチだからではございませんわよ？　それに契約とはいえ、この結婚に手を抜きたいわけではございませんの。結婚式が直近なので、そちらに準備の人手も時間もかかるかと思いますので……」

結婚式前に婚約発表パーティーをするなら、一か月後ぐらいには開催する必要がある。

しかし一か月では時間が少なすぎた。

招く親族が遠方にいれば、馬車しか移動手段がないので何日もかかる。

しかも先方にも予定があるのだ。そんな中、今月パーティーに来て、さらに来月かその翌月にも結婚式に来てと言ったら、さすがに怒らせかねない。

かといって招待しないわけにもいかないので、もめごとの種になるのだ。

そして参列者が揃《そろ》わなかったら、侯爵家の評判にかかわってしまう。

また、そのほかにも心配ごとがある。

しかもパーティーを開くとなれば、特別な食材が必要になってくる。

この季節に実っている見栄《みば》えのする果物、沢山《たくさん》の小麦粉やミルクに山のように肉も仕入れなければならない。

（スーパーで大量に注文したって数日かかるでしょうに、この世界で量を揃えるとなったら、

本当に一か月で揃うかわからないのですわ)

適当な牧場の牛豚でさえ、一気に貴族が買い上げたら、周囲の人々がしばらく肉を食べられなくなってしまう世界なのだ。何事も急げばいいというものではない。

さらには、準備をするメイド達は手が足りなくなる。

自宅でやる結婚式の準備と同時進行で準備をするなら、招待状は二倍書かなければならないし、飾りつけから、臨時で雇う人員の募集やら面接やら、招く貴族への対応を細かく覚えたりと、仕事の山も二倍だ。

もし自分が侯爵家の使用人だったら、寝る間もなくなって倒れるだろう。

リディーの懸念に、ジェラルドは同意してくれた。

「とんでもないことになるのは、僕も想像がつきます。それに我が家もここしばらく人手不足で、婚約パーティーまでは手が回らないと思っておりました」

「同じお考えで良かったですわ」

うなずくと、ジェラルドが提案してきた。

「ですが手紙だけでは人々の反応も心配ですし、しっかりと結婚することを広めたいので、他の方法をとらせてください」

「どんな案がございますの?」

「約一週間後のルーヴェル王国とのパーティーの席上で、発表してはどうでしょうか? 十代ほど前の国王もその形で婚約発表を行い、貴族達の間で一時流行《はや》ったという記録もあったはずです。先に陛下にお知らせしておけば、非礼にはならないはずですよ」

　なんて合理的！　とリディーは喜んだ。

「前例があるのならそれで大丈夫ですわ！」

「そうですね。ただ、パーティーの衣装は大丈夫でしょうか？　必要とあればこちらで……」

　ジェラルドは細やかな気遣いをしてくれる。

「パーティーであれば問題ございませんわ。お見合いのために、いくつか新しい物を仕立てておりますし。むしろ結婚式のドレスについても、侯爵様のお母様の婚礼衣装が残っておりましたら、それを手直しさせていただけませんか？　それなら、二か月で良い物が準備できますもの」

　婚礼のドレスこそ、時間がかかる。

　レースを注文して新規に作ってもらい、生地も念を入れて選ぶなどしたら半年は時間が必要だ。でも前侯爵夫人の婚礼衣装を使わせてもらえるなら、格式としても間違いがないし、特別に作られた品ばかりを使っているので、他家の結婚式と見比べられても遜色《そんしょく》ない品になる。

「ははっ、いいですね。合理的なところがとても素晴らしいです」

　ジェラルドはとても嬉しそうに笑った。

「やはりあなたに頼んで良かった」

　ほめられたリディーも気分がいい。

そのまま、二人は事務的に今後の計画を詰めていく。

とても結婚をする予定の二人だとは思えない会話内容だったが、リディーは今までになくときめいていた。

(話がすっきりと通じて嬉しいのですわ！　これなら契約期間も問題なく侯爵家で過ごせそう)

リディーとしても他家で暮らすことには不安がある。でも夫が理性的に話し合える人なら、問題解決もできるだろうし、不都合なことがあっても妥協点を探せるはずだ。

「では、結婚式についても今お話しした内容で進めましょう」

「わかりましたわ」

うなずいたところで、ジェラルドが改まった表情で姿勢を正した。

「あ、リディーシア嬢。一つ提案があるのですが」

一体どんな重たい内容を言われるのかと、リディーは構える。

「なんでしょうか?」

「呼び方を……その」

ジェラルドがやや視線をそらしつつ続けた。

「一応、これから夫婦ということになりますので、僕のことをあなたが『侯爵様』と呼ぶのは不自然だろうと思いまして」

「あ、そうですね。ではお名前をお呼びした方がよろしいでしょうか？」

「はい。ジェラルドと気さくに呼んでいただければ」

「私のことは、リディーと呼んでくださいませ、ジェラルド様。家族もそう呼んでおりますので」

それでは今から呼び方を変えようと、早速ジェラルドの名前を口にした。

すると、ジェラルドはちょっと安心したようにうなずく。

「ではよろしくリディー……嬢」

間の空き具合は、様をつけるかどうかで迷ったのかな？　と思ったリディーだった。


話が終わり、その後二人で店を出た。

「僕の方で用意した馬車です、ご自宅まで送らせていただきます」

「ありがとうございますわ」

お礼を言って、馬車に乗る。

乗ってから、リディーは改めてジェラルドについて観察してしまう。

舞踏会場から逃げ出す時は、慌てていたのでなにがなにやらという感じだったが、落ち着いたことでそんな余裕ができた。

まっすぐな鼻筋も、鋭すぎない顔の形も、全てが完成されているという感じがする。

(あの頃と変わったのは、もっと大人《おとな》びた、ってところくらいですわね)

近寄りがたい雰囲気があるのは学生の頃から変わらない。

(歴史に造詣《ぞうけい》が深いと聞いて、話してみたら面白《おもしろ》いんだろうなと思っていたのですわ。魔術についても歴史上でどういうことがあったのか、私の知らないことを知ってそうだから……)

今後、結婚生活の間にそういう会話はできるだろうか。

そんな期待を胸に、家へ帰ったリディーだったが……。

家に到着したら、まず外へ出迎えに出てきたメイドに驚かれた。

目を丸くされたリディーは首をかしげつつ聞いた。

「お母様は戻っている?」

「は、はい。少し前にお戻りになっており……」

「リディー!」

メイドが答え終わる前に、エントランスに続く階段からリディーの母が駆け降りてくる。

家に戻って、舞踏会用の華やかなドレスから、動きやすいふくらみのないドレスに着替えていたリディーの母は、途中で目を見開いた。

「ようやく帰ってき……え!?」

母の視線はリディーの背後に釘付《くぎづ》けだ。

「あ」

そういえば、まずは挨拶《あいさつ》だけでもと、義理堅くジェラルドがついてきてくれていたのだった。

振り返ると、ジェラルドは全てを心得たように落ち着いた微笑みをリディーの母に向ける。

「夜分に失礼します。お嬢様を勝手に連れ出して申し訳ございませんでした」

「あ、いえ、わたくし達もごたごたしておりましたので、むしろ助かりました……。その、ありがとうございます」

リディーの母はまず一礼する。

相手は権力のある侯爵で、しかも助けてもらった側となれば、勝手に娘を連れ出されて心配していたとしてもそうなるだろう。

「それと、改めて正式なご挨拶に伺うつもりなのですが」

「正式、ですか？」

首をかしげるリディーの母に、ジェラルドはズバリと言う。

「娘さんと、正式に結婚をお約束していただきましたので」

「けっ……」

リディーの母はその一言を漏らした後、しばらく静止して動かなくなった。

突然、娘の結婚を知らされたらそうもなるだろう。

「あの、お母様？」

リディーがおそるおそる声をかけると、それが最後の一押しになったように、リディーの母は卒倒したのだった。

その頃彼は ―

「おかえりなさいませ」

優美な模様を描く鉄柵と飴《あめ》色の木の重厚な扉を開くと、待ち構えていた白髪の老執事がジェラルドに一礼する。

「遅くなった」

「事前にご連絡は受けておりましたので、問題ございません。あと、屋敷の周囲を何周もしていた馬車がおりました。ブレア公爵家の馬車でございました」

「後をつけようとしたのか……？」

ジェラルドはつぶやく。

あの場から逃げ出した時はそんなそぶりはなかったが、こっそりと尾行し、リディーとの話し合いを壊そうとしたのかもしれない。

しかしジェラルド達は屋敷には行かなかった。だから見失った末に、屋敷の周囲で帰ってくるのを待っていたのだろう。

「本日はそのほかにも三台ほど。我が家の周辺は、馬車レースの会場ではないはずですが……。

それで、路地にリンゴやニンジンを置きまして。疲れた馬が言うことを聞かずにそちらへ向かい、馬車がぶつかり合う事態になったので、警備兵を呼んでおきました」

「さすがだゲラン」

ジェラルドは思わず微笑《ほほえ》んでしまう。

「台所にはリンゴとニンジンを補充し、作業をした者にも褒美を頼む」

「承知しました。……それにしても上機嫌にお見受けしますが、何か良いことでもございましたか、ご当主様」

言われたジェラルドは、何となく自分の頬《ほお》を触ってしまう。

ゲランに指摘されるほど表情が違うのか、と。

なんにせよ隠すようなことでもないので、ゲランに告げた。

「結婚を決めた。以前からお願いしようと思っていた女性だ」

「な、なんとご承諾を得られたのですね!?」

ゲランは目を丸くして驚く。

無理はない。

以前から結婚相手の候補について悩んではいたが、一番有望だとジェラルドが名前を挙げていたのだから。

（リディーシア・モートン伯爵令嬢。元から変わった人だとは思っていたんだ）

ジェラルドは学院生の頃から、結婚相手として有望だった。そのため、女子生徒がわらわらと集まることが多く、友人と共に図書館へ逃げることが多かったのだ。

図書館には厳しいと評判の司書がいて、私語が聞こえると飛んできて退室させられるので静かだったから。

そんな時に、ジェラルドにも我関せずとばかりのリディーを見かけた。

本に集中している女子生徒は他にもいたが、彼女に目が留まったのは、やはり読んでいるものがおよそ淑女らしくない本ばかりだったからだ。

精霊。

魔術。

魔物やそれにまつわる英雄譚《たん》。

どちらかと言えば、学院に入る前の男の子が好むような本ばかり選んで、じっくりと眺めていたのが印象的だった。

友人達も、風変わりな彼女のことを知っていたようだ。

「一年のリディーシア・モートンだっけ。変わり者で有名だよな」

「裕福な家の娘じゃないから、結婚については諦めているんじゃないか？　あの子が誰かを好きになって近づいても、誰だって家にお金が欲しいからだって思うだろうし、本人もそんな目で見られるのは嫌なんだろう」

冷静な分析をしていた友人の意見に、ジェラルドは納得した。

なんにせよ周囲の目を気にしない本の選び方も、諦め方の潔《いさぎよ》さも、どちらもジェラルドの目には新鮮に映って……。

だからずっと覚えていた。

侯爵家を継いだ前後に問題が起こった時も。

養子を迎えた後での結婚について悩んだ時も、彼女の姿が一番に思い浮かぶほど。

きっと彼女なら、説明を尽くせば理解してくれるだろうと信じられる人だったから。

(何より、たぶん気になる女性が彼女だけだったから……)

ジェラルドは恋愛や女性と付き合うことに、嫌悪感がある方だった。

全ては父の行状のせいだ。

でもリディーであれば、そんな想像をしても嫌ではない。

そんなジェラルドは、何度も彼女に結婚を打診しようかと思っては唐突すぎるのではとためらい、今の今まで言えずにいたのだ。

ゲランは、ほっこりとした表情をしていた。

「本当によろしゅうございました。結婚してしまえば、ブレア公爵家からのわけのわからないお話もなくなるでしょうし」

「そうだな。ようやくこれで、一つ重荷が下ろせるだろう。……それで、母上のご様子は？」

「本日は、お静かに眠っていらっしゃるようです」

ゲランの言葉にジェラルドはうなずき、窓から見える月に視線を移した。

「半月か……」

月はジェラルドに時間を教えてくれる。

「今日は安心して眠れるな」

「左様でございますな」

ゲランは一礼し、部屋へと去るジェラルドを見送ったのだった。

# 二章　カーティス侯爵家には秘密がある

翌日の朝。

リディーが朝食のために食堂へ行くと、困惑した表情で待っていた母と、改めて対面した。

昨晩、母が倒れた時は驚いたものの、近くにいた従僕が受け止めたおかげで、怪我《けが》をしなかったのは良かった、と思う。

その母は、一晩経《た》っても困惑が続いているようだ。

「それで……どうして結婚なんてことに?」

食事を終えたのを見計らったところで、母に尋ねられる。

「利害の一致だったのですわ、お母様」

リディーは説明した。

ペルカ子爵とブレア公爵令嬢の勘違いを利用することにしたのだ、と。

「侯爵様とはお互いに婚約したくない相手に迫られていたことを確認しました。これ以上付きまとわれないようにするには、お互いと本当に結婚するべきだと合意に至ったんですの」

そこから、結婚が契約であることも話す。

カーティス侯爵には養子がいて、その養子が成人するまでの間だけ結婚していればいいこと。代わりに、我が家の商売に出資してもらう契約をしたことも。

その契約には、魔術の紙で契約をしたこともだ。

「しかも一年だけです。守るのはそれほど難しいことではございませんわ」

「一年……」

たった一年であることに、リディーの母は不満のようだ。

せっかく結婚するのなら添い遂げられる相手と、と願ってくれていたからだろう。

「そもそも、うちにとっては願ってもない良縁ですわ、お母様。それに離婚後も箔《はく》がついて、いいお家からの打診が来るかもしれませんもの！」

明るい話に誘導すると、やっとリディーの母も表情を緩めた。

「そうね。普通に考えて、多少商売で財を成したところで、由緒も領地も一級の侯爵家とご縁を結ぶことなどないわね」

雰囲気を和《なご》ませたところで、リディーは切り出した。

「ただですね、ええと……二か月後に結婚式を行うつもりなのですわ、お母様」

リディーの母の表情が固まる。

「に……二か月……？」

通常は一年ほど婚約期間を置いて結婚式を挙げる。

そのつもりでいたリディーの母は、想像もつかない、という表情をしていた。

「契約上の結婚ですし、お互いに求婚者を排除するためのものですから、私としても早ければ早いほどありがたいのです」

「そう……そうね。昨日もペルカ子爵がずっと吠《ほ》えていらしたものね」

母の返答に、リディーはちょっと胸を撫《な》で下ろす。

認められないわ！　と母が怒り出してもおかしくはない代物《しろもの》だったから。

とはいえ多少はごねずにいられない気持ちもあるのだろう。

「でもねリディー。理由はわかるけど、そんなに直近での結婚は……懐妊したから、と誤解されないかしら？　悪評がばらまかれると、良い評価で覆すのは大変よ」

「存じておりますわ、お母様」

母の心配するだろう事項は想定済みだ。

「ですが、ペルカ子爵に付け入る隙を与えないためにも、結婚を急ぎたいのです。むしろ懐妊疑惑があった方が良いかと思いますの」

「どうして？」

「それぐらい結婚を諦める要素を増やさないと、ペルカ子爵は仲人《なこうど》の勘違いで送った手紙を証拠として、自分はひどい目に遭ったのだと騒ぎ立てて覆しにきますわ」

リディーは息継ぎをして、訴え続ける。

「それに、他に私と結婚してくださる方が見つかるとは思えませんの。絶対にペルカ子爵が嫌がらせをしてくるでしょうから」

ペルカ子爵のようにうるさく騒ぐ人がいる場合、関わらない方が楽だからと離れる人は多い。

「考えてもみてくださいませ、お母様。そんなことになったら、ぜぇったいにペルカ子爵が嫌らしい笑顔で勝利を宣言いたしますわよ？」

そこまで言うと、リディーの母もペルカ子爵の顔を想像してしまったのだろう。

げんなりした表情でうなずいた。

「そうね。でも二か月で結婚式の準備はどうするのかしら？　とても間に合わないわ」

「計画はあります。衣装もカーティス侯爵様と打ち合わせておりますので、大丈夫ですわ。お母様の衣装だけご準備いただければ……」

説明をしていたところで、玄関のある方面から騒がしい声が聞こえる。

元々大きくない屋敷だったのと、窓を開け放っていたので外の声が届いたようだ。

喧嘩《けんか》ではないらしいが、とにかく大勢が一斉に何かしゃべっているような感じがする。

「何かあったかしら……？」

首をかしげていると、珍しく慌てたようにバタバタとメイドがやってきた。

「奥様、お嬢様！　お客様がいらしてて……っ」

走ってきたせいか、そこで息を切らせてしまう。

「落ち着いてアンナ。はいお水」

リディーの母は、五十代になる古参メイドに水を飲ませて落ち着かせた。

「ありがとうございます、奥様。それでお客様が三十人ほども大挙して来ていまして」

リディーは困惑する。一体どうして三十人も？

「三十人のお客様は、皆様が同じ御用なの？」

「いいえ、お嬢様。招待状を届けに来た従僕が何人かと、直接ご挨拶《あいさつ》したいという商人が五名、たまたま通りがかったという貴婦人が十人ほど。あとは、お仕えする令嬢のお手紙をご持参になった、初めて拝見する侍女の方々が五人ほどと、ペルカ子爵と商売の約束をした貴族の方が数名」

「なるほど……詳しくありがとうですわ、アンナ」

リディーは少々頭を抱える。

従僕は気にしなくていい、手紙を受け取ればいいから。

商人と貴婦人は、後日改めて……とふんわり帰宅を促してもらおう。

問題は、ペルカ子爵が勝手に商売の話を進めていたらしい貴族達と、貴族令嬢の侍女達だ。

「子爵の件は、さくっとカーティス侯爵様に押し付けるつもりでしたのに……。一番厄介《やっかい》なのが、貴族家の侍女ですわね」

リディーは唇を引き結ぶ。

（うちに、今までは来たことがない侍女……。ブレア公爵令嬢の取り巻き令嬢の侍女達かしら？　私を呼びつけて、いじめて思い知らせるつもりかもしれませんわね）

貴族令嬢達は、怒ったからといって殴り込みなんてかけない。

お茶会などの席で嫌味を言ったり無視したり、足をひっかけて転ばせる陰湿な嫌がらせをして笑い、じわじわと心を折りにくるのだ。

彼女達の想定通りに動けば、その後は関わらなくなるが……。

その後も彼女達の意向に逆らい続けると、商売にまで嫌がらせをしてくるはずだ。

商売で荷を運ぶ時に、税を重くするとか。ならず者を雇って危害を加えるとか。

だから邪魔しても無駄だと思わせるか、邪魔をすると不利益が出ると思わせなければならない。

「困りましたわね」

悩んでいると、メイドが言う。

「居留守を使いましょうか？　まだいるともなんともお返事しておりません」

今エントランスで対応してくれているのは、高齢の住み込みメイドのボルサだ。彼女が上手《うま》くはぐらかしてくれている声は、うっすら聞こえてきた。

「わたしぁ、耳が遠くて～。よく聞こえませんですねぇ～」

「ええと、皆さま朝早くていらっしゃいますねぇ」

「他の使用人はみんな通いなものでしてねぇ～」

と嘘《うそ》八百を並べて待たせている。

アンナとボルサの機転に救われた。それならいい方法がある。

「カーティス侯爵家に早馬を出しましょう」

リディーの指示で、こっそりと裏口から従僕を一人使いに出した。

すると十分でカーティス侯爵家の馬車がやってきた。

リディーと母は、エントランスの声が聞こえる部屋へ行き、カーテンの隙間から様子を覗《のぞ》く。

馬車から降りてきたのは、立派な黒のコートを着た白髪の老紳士だ。

おそらくカーティス侯爵家の執事だ。

老紳士は来客達の前に立ちはだかり、咳《せき》ばらいをした。

「これはどういう状況ですかな。私はモートン伯爵家に、奥様とお嬢様がもうしばらく我が家に滞在するという連絡をしにきたのですがな」

その時点で、商人達は「不在なら出直します」といなくなる。

招待状を持った者達も、ボルサに招待状を渡すと逃げていった。

これで十人ほど一気にいなくなってくれる。

「我が家とは……？」

不思議そうに首をかしげたのは、訪問しにきた貴婦人だ。おそらくモートン伯爵家とつながりがある下流クラスの貴婦人なので、侯爵家の執事の顔を知らなかったのだろう。

するとと老紳士は一礼する。

「ごきげんようご婦人。私は、カーティス侯爵家の執事をしておりますゲランと申します」

とたんに、残っていた婦人達と貴族の侍女達が悲鳴を上げる。

「カーティス侯爵家！」

「やっぱり舞踏会の話は本当だったんだわ！」

「滞在ですって⁉　お、お嬢様にお知らせしないと！」

話の真偽を知らせるため、貴婦人と侍女達はバタバタとエントランス前からいなくなり、待たせていた馬車で駆け去った。

「なるほど。従僕や商人は、あの執事殿のお顔をご存じだったのね」

だから素早く逃げていったのだ。

不快感を覚えられて、自分の仕える家や商売に悪い影響が出ることを恐れたのだろう。

貴婦人達は例のパーティーの話を確かめにやってきただけなので、あちこちに言いふらすために帰っていったのだと思う。

侍女達の方は、主が侯爵家を訪問したことがなかったのか、使用人だからと顔を覚えていなかったのか。なんにせよ、噂《うわさ》を確認したことを伝えるために帰ったのだろう。

そんなことを考えつつ、リディーは母と一緒にエントランスへ回る。

ちょうど侯爵家の老執事ゲランも、ボルサに招かれて中へ入ってきていた。

「お助けいただきありがとうございます、執事様。リディーシア・モートンでございます」

「その母でございます」

目まぐるしい状況にやや呆然《ぼうぜん》としつつ、リディーの母も一緒に一礼した。

「ご丁寧《ていねい》にありがとうございます。カーティス侯爵家の執事をしております、ゲランと申します。主より、お嬢様の状況をお聞きしてまいりました。それで、主から提案がございまして……」

「提案ですか？」

ゲランがうなずく。

「お嬢様、婚約者として本日より当侯爵家にお引っ越しなさいませんか？」

「えっ！　婚前から、ということですか？」

驚いて問い返すと、ゲランが「その通りでございます」と肯定した。

「実のところ、当家では当主に求婚したい女性が家の周囲へ頻繁に通りがかり、あまつさえ毎回怪我をしたとか具合が悪くなったと中へ入りたがって、困っておりまして」

ゲランは疲れた表情を見せる。

「それどころか、最近は夜に忍び込もうとする者まで……」

「それって夜這《よば》……」

「リディー、それ以上はいけません」

母に止められ、リディーは口を閉じる。下品な言葉を最後まで口走るところだった。

ゲランの方は特に問題とは思わず、肯定してくれる。

「ご令嬢達の目的は、お嬢様が推測されたとおりのものです。ご本人が忍び込む他に、使用人に忍び込ませ、それを見かけて叱責するという名目で堂々とお屋敷に入るご令嬢までいらっしゃって、私どもも困惑しきりなのでございます」

「それはひどい状況ですわね」

ジェラルドがモテるのは知っていた。けれど、まさかそんな夜中に忍び込まれたりしているとは。

(家の中で侯爵様に会えれば、たちまち恋が発生するとでも思っているのかしら？　むしろその状況でオーケーするのって、侵入者に怯《おび》えてのことではないかしらね？)

そんなことも考え付かないほどに、恋愛で頭がいっぱいなのか？　それとも侯爵夫人になればなにもかも改善されると切羽《せっぱ》詰まっているのか……。

「婚約者がお屋敷に住まわれることになれば、そういった方々も諦めるだろうと、我が家の当主は考えております。大変申し訳ないのですが、ご協力いただけないでしょうか？」

ゲランの頼みに、リディーは考える。

モートン家の方だって、明日も同じようなことが起こる可能性が高い。

しかしリディーがカーティス侯爵邸へ引っ越してしまえば、母もブレア公爵令嬢に同調する身分の高い令嬢達に対応しやすくなる。

娘は侯爵家ですでに花嫁修業に入っておりまして、不在ですの、と言えばいいのだから。

リディーはゲランにうなずいた。

「わかりましたわ。これからすぐに侯爵家へ引っ越しましょう」

「では、お荷物については、後ほどこちらから運ぶ馬車を出しますので、お嬢様には私と一緒にご移動をお願いいたします」

ゲランがそう提案してくれる。

侯爵家の馬車なら、めったなことでは妨害されないと考えてのことだろう。

「お願いいたしますわ。アンナ、私の荷造りをお母様と一緒にお願い」

アンナは一礼して、すぐさまリディーの部屋に向かってくれた。衣装や化粧品、装飾品など、まとめるものは沢山《たくさん》あるのだ。すぐさま作業をしないと、今日中に引っ越しなどできない。

「お母様」

リディーは隣で両手を握りしめつつ気をもんでいた母を振り向く。

「唐突ですみません、お母様。このようないきさつで家を離れることになりましたが……」

「驚いたけど、大丈夫よ。それに侯爵家に置いていただいた方が、あなたも安全でしょうから」

母にそう言われて、リディーはほっと肩の力を抜いた。

「結婚式の準備のこともありますから、侯爵家の方にいらしてね、お母様」

そう言うと、リディーの母は目の端に涙を浮かべた。

「もちろんよ。娘の結婚なんだからせいいっぱいの準備をしないと。必要な物については、改めてリストを作ってくれたら最大限それに沿うわ」

「ありがとう、お母様」

そう言ったリディーは、母を抱きしめる。

今生《こんじょう》の別れではないし、離婚して戻ってくる予定だ。

けど、初めての結婚をすることは間違いないし、しばらく離れて生活することになる。

多少なりと感傷的になってしまった。

でもあまりぐずぐずしていられない。

リディーは手近な物だけ詰めた鞄《かばん》と一緒に、ゲランと馬車に乗り込んだ。

「それではお嬢様、侯爵家へご案内させていただきます」

「お願いいたしますわ」

そうしてリディーは、侯爵家へ向かった。

侯爵家まではそれほど遠くはない。

モートン家が昔から住んでいるのは、王都の中心に近い場所だ。だからこそ、ある程度利益が出てからも、移り住まずにいたのだけど。

おかげで助かった。

ゲランがすぐに来てくれたし、こっそりと引っ越すのもお手の物だ。

やがて侯爵家が近づいてきた頃、ゲランが重い口を開いた。

「その……お嬢様。実は到着前に申し上げておきたいことが」

「なんでしょう？」

ゲランが申し訳なさそうな表情をする。

「実は現在、当家の周囲によそのご令嬢が複数いるかと思われます。というか、私が出発する際に十名ほどは門前にいらっしゃいまして」

「まだいらっしゃるのかしら？」

「いつもの様子を考えると、まだいるかと……。当主の外出を狙っているようで」

「侯爵様には熱狂的に恋慕う方が多いのですね」

やんわりと表現してみる。

「以前はそこまでではなかったのですが、異国の薬を販売する権利を侯爵様だけが許されて以降、親子ともども必死になられる方が増えまして」

「薬ですか？」

貿易に関して、関税や扱う品の特権をいくつか持っているのは把握していた。

でも薬については初めて聞いたかもしれない。

（どんな薬なのでしょう）

リディーの家では化粧品を扱っている。

化粧品を作るにあたって、薬も使うのでリディーは興味が湧いた。

「痛みを軽減する薬だそうで。たしかに私めの腰痛にも、とてもよく効きましてございます。病の時に、熱を下げる作用もあるとか」

（前世の頭痛薬みたいなもの!?）

それはすごい、とリディーは驚く。

この世界、前世ほどの効果がある精製薬はない。

そもそも病原菌は精霊にかかわる代物。微生物も精霊が作用し……と、何でも精霊、魔力が関係している。

そのわりに精霊に関して科学的に研究する人はなく、伝統ある精霊のなだめ方やら、精霊への雨ごいの仕方みたいなのは沢山広まっている状態だ。

魔力研究の方がまだ発展している方だろう。

魔術師は研究好きが多いからだ。

でも魔術師は絶対数が少なく、薬品関係までは手をつけていない。

（だから私なんかが、抜きんでることができたのですわ……）

リディーは幼少期から魔力、魔術、精霊、魔物に興味津々《きょうみしんしん》で、なんとか父や母に魔術師を探してもらって話を聞きに行ったり、魔術書を集めたりしていた。

おかげで、借金を返さなくてはならないのに資源も特別な産業もないと悩んだ時に、前世で便利だった物を真っ先に見つけ出し、利用することができた。

そんな世界なので、前世の薬のような物がなかなか手に入らないのだ。

（多少は効果がある物もあるけど、やっぱりパンチが足りないのですわ。きっちりガッツリ効く頭痛薬なら私もほしいのです！）

侯爵家に嫁ぐ利点が、また一つ増えた。

ジェラルドに固執する令嬢が多い理由も、増えたと言えるが……。

（薬の利権を自分の家にもほしい貴族家が、なんとか娘と結婚させたいのでしょうね。それを潰《つぶ》すには……。恋を建前にしても無駄だとわからせることが必要かしら？）

考えた末に、リディーは対策案をゲランに話す。そして馬車の後ろにいた従僕を先に帰した。

リディーが乗った馬車には、少し遠回りをしてもらうことにして、ゆっくりと一つの区画を余分に一周し、時間をかけて侯爵邸へ到着した。

門の近くへ来ると、馬車の窓からもジェラルドの出待ちをしている令嬢やお付きの人達の姿が見える。

「一人の令嬢に、三人はメイドや使用人が付き添っているので、とんでもない人数が張り付いているように見えますわねー」

鈴なりと言っていいだろう。

敷地を囲む石壁の一部だけ柵になっている場所に、女性達が張り付いていた。

侯爵家の門を守る私兵が、ものすごく迷惑そうに彼女達を見ている。

馬車が到着すると、門が開いたのを見て入り込もうとする使用人がいた。

門の向こうに待機していた侯爵家の私兵がそれを押し返す。

これでは馬車がすんなり入れそうにない。

――その時だった。

「きゃっ、ジェラルド様！」

「え、うそ⁉」

外が一気に騒がしくなる。

どうやらジェラルドが門までやってきたらしい。

「予定通りになったようでございます、お嬢様」

リディーは親密な様子を公開するため、リディーを出迎えに来るジェラルドの姿を見せようと考えたのだ。

そのために、従僕に伝言をお願いしていた。

「はい。それでは私はここで降りますね、ゲラン」

　ゲランとの会話の後、すぐに馬車の扉がノックされた。

「リディー嬢、待ちきれずにここまでお迎えにあがりました。哀れな僕のために、どうぞお顔を見せていただけませんか？」

　やや芝居がかった口上に、リディーは笑いそうになりながら合わせる。

「ああジェラルド様、お会いしたかった。ほんの少しの外出でも、するものではございませんわ。あなたのお姿が見えないのは苦しいばかりでしたの」

　そう言ってリディーは馬車の扉をゲランに開けてもらう。

　そこにいたのは、目が笑っているジェラルドの姿だ。

　陽光の下に立つ彼は、まるで白大理石の神像のように美しい。

　その視線が自分だけに向けられていると思うと、恋心を抱いていないリディーでさえ、少しときめきを感じてしまう。

（まぁ、私ごときの容姿でそんなことはありえませんけど）

　ジェラルドが手を差し出す。

　リディーはその手を借りて馬車を降りようとした。

　その時、ジェラルドが予想外の行動に出た。

「失礼、リディー嬢」

「え、わっ⁉」

さっとジェラルドが身を乗り出したかと思うと、リディーを抱え上げる。

そうしてお姫様抱っこで馬車から降ろしてしまったのだ。

リディーは驚いた。

なにせ男性にお姫様抱っこをされたのは、これが初めてだったから。

(だけどこんなに恥ずかしいとは思わなかったのですわ！　見た目も、侯爵様との距離も。

……っていうか距離なんてありませんわ！　ぴったりくっついてますわ！)

衣服越しでも、ジェラルドのぬくもりを感じるせいで落ち着かない。

前世でモテなかったからこんな経験がないリディーは、頭の中がパニックになりかけていた。

もちろん、漫画なんかを読んで想像だけはしていたけど……。

(前世では、「君は羽のように軽いよ」なんて、ありえないセリフですわーと笑っていましたけど、今わかりましたわ！　これ、重たいと言われたら死にそうになりますのよきっと！

だって私、ものすごく宙に浮いて羽毛より軽くなりたいくらい恥ずかしいですわ！)

脳内で絶叫して落ち着いたところで、ジェラルドにやんわり訴える。

「あの、ここまでした方が良いのですか⁉」

叫ばなかったのは、褒められるべきだとリディーは思う。

小声での訴えに、ジェラルドはなんでもないことのように微笑んだ。

「一緒にいるだけでは、親密さが足りないかと思ったんです。入り込む余地がないと思わせたかったもので」

「わ、わかりましたわ……」

リディーは提案をのむことにする。

（侯爵様なら、これまでに何人かの女性とお付き合いなさってきたでしょうし、きっと私よりもこういうことをご存じのはずですわ。ついでに重たい女性にも慣れていると信じましょう）

二人はそのまま、侯爵家のエントランスへ向かう。

ジェラルドと門までの間は、増員された衛兵によって固められて誰も近づけない。

そうして作られた空間を、ジェラルドは悠々と進む。

馬車の方は、令嬢達が驚いて動きを止めている間に敷地内に入っていた。

ジェラルドが中へ入ると、素早く門が閉められてガチャリと鍵がかけられる。

驚いていた令嬢達は、そこではっと我に返った。

とたんに悲鳴がいくつも上がった。

「あ、ありえない……」

「うそですわ！　ジェラルド様があんな風に女性に接するなんて！」

「きっと、私達を嫉妬《しっと》させようとして、あんな大仰《おおぎょう》な演技をなさっているのです！」

彼女達が一斉に騒ぎ出した。

る。

信じたくないあまりにあてずっぽうを叫んでいるのかもしれないが、痛いところを突いてくる。

（うーん鋭いですわ）

でもこのままにはできない。

まぐれ当たりでも、これを真実だと言いふらされると、演技の効果が半減してしまう。

どうしようとリディーが悩み始めた時だった。

「あの方、庶民の間で広まっている化粧品を売ってるモートン家の方でしょう？」

リディーの顔を見知っている令嬢がいたようだ。

「女だてらに商売をしてらっしゃるっていう？」

「そうですわ！　あなたも買ったと言っていたわよねマリー？」

「はいお嬢様。庶民でも買える安さなので」

そこでプッと小さく笑う令嬢達。

「そんな下等な品を作っている家だなんて、恥ずかしいですわ」

「庶民にしか売れない粗悪品なのでは？」

令嬢達が馬鹿《ばか》にしたように笑い出す。

「これだから商売をご存じない方は……」

リディーはむっとした。

庶民を対象にしたのは、貴族相手の商売だとすぐに参入できなかったからだ。

利権の関係で新規は排除されやすい。

しかも貴族が使う物なので、そうした商売の後ろ盾にはそれなりの権力を持つ貴族がいるのだ。

……たぶん、保護する代わりにそれなりのキックバックをもらっているのだろう。

対するこちらは、当時財力も人脈もなかったモートン家だ。

ぷちっと潰されて終わった後、勝手に似たような物を作られて、自分達が元祖だと喧伝《けんでん》されたら……。

他の貴族はモートン家の味方になってくれず、こちらが技術を盗んだと言いがかりまでつけられる結果になりかねない。

だから、ゆるぎない名声がリディーには必要だった。

それは庶民からの物でもいい。とにかくこちらが元祖だと、沢山の人に認識されるほどモートン家の物を買ってくれるようにするのだ。

それに庶民を相手にするなら、新規参入は自由だからすぐに利益が見込める。

売る相手も、貴族を相手にするよりも多いので、数さえ出れば薄利にはならない。

そう考えたリディーは、庶民の女性を標的にして、手荒れを防ぐクリームを売りさばいた。

女性の方が手荒れには気を遣う。

でも効果が出るとわかれば、手荒れを起こす仕事をしている男性だって使うと見込んでいた。

そして目論見《もくろみ》通りになったのだ。

良い評判が広まると、今度は少し高い化粧水などを売っても「あそこの商品なら」と安心して購入してくれるようになった。

リディーは前世の商売のことを思い出し、こういった手法で利益を上げ続けたのだ。

今、カーティス侯爵家に集まっている令嬢達は、そんな事情は知りもしない。

(そもそもあの方達は、侯爵家の利権が欲しいだけではございませんか)

「侯爵家の利権が欲しいだけの飢えた獣め」

ほぼ同時にジェラルドがつぶやいたのは、まさにリディーが考えていたことだった。

びっくりしたが、ジェラルドは家に押しかけてくる女性達に嫌悪感まであるようだ。

それならと、一つ案を思いついた。

「ジェラルド様、今から私のすることを黙認してくださいませんか?」

「何か考えがあるようですね。頼めますか?」

すぐに了解してくれた。

「もちろんでございますわ」

リディーは気分よく、やいのやいのと文句をつけている令嬢達を振り返った。

令嬢達はリディーが反応したことで、攻撃の効果が出たと思ったのか、さらに悪口を言う。

「きっと、カーティス侯爵様に取り入ったのも、商売のためですわ！」

「粗悪品を外国にまでばらまこうとしているのでは？」

「まぁ怖い。ブレア家の香草の方が、外国に売るにはふさわしいでしょうに」

「モートン家の品は、怪しげな薬を怪しい技術で作って混ぜていると聞きましたよ？　そんな恐ろしい物を売るなんて、庶民ならまだしも他国のご令嬢達が大変な目に遭っては困ります」

「それならうちの瑪瑙《めのう》を売った方がマシよ」

だんだん本性が見えてくる発言が飛び出してきたところで、リディーは聞こえるように笑ってみせた。

「おほほほ。あの方々、面白《おもしろ》いことをおっしゃいますわね、ジェラルド様」

「なんでしょう？　有象無象《うぞうむぞう》の言葉はよく聞こえないんですよ。君が説明してくれませんか？」

ジェラルドも笑みを浮かべてこちらに合わせてくれる。

「だって、カーティス侯爵家はあの方々の家よりも、うちと懇意にした方がいいに決まっておりますのよ？　私の実家の方が上手く交易品を扱うことができますわ」

「なっ！」

あまりに直球な嘲《あざけ》りに、令嬢達が色めき立つ。

「あちらのご令嬢方は、ご実家で扱う物が良いお品だと言う割に、利益が出ていないようですわね？　家のお名前も存じ上げない方々ばかりです。そのような商売下手《べた》では、侯爵家が他国から流通を許可された品の良さを、広められませんもの」

そこでもう一度、リディーは「おほほほ」と笑い声をはさむ。

「ジェラルド様によりかかって、実家を儲《もう》けさせようだなんて、あさましいのですわ。せめて我が家ほどには利益を出して、自分こそが侯爵家の価値をさらに高められる家だと、証明していただかないと話になりませんの」

「…………！」

令嬢達の顔が怒りで赤くなる。

が、実際にリディーの家ほどの利益を出してもいないし、カーティス侯爵家の権利にただ乗りするつもりだった家の令嬢達は、何も言えなくなったようだ。

「静かになりましてよ、ジェラルド様。さぁ家へ入りましょう？」

「承知しました」

ジェラルドは応じ、再びエントランスへと歩き出す。

侯爵家の前庭は広い。

ややあって屋敷の前まで来ると、ジェラルドは笑った。

「さすがですねリディー嬢。あんな風に彼女達を黙らせるとは」

ジェラルドの視線の先には、大人《おとな》しく門番の私兵に押され、柵の前から遠ざかる令嬢や使用人達の姿があった。

「相当ショックだったようですわね。でも、良いお品でも売れないことはあるのだと、彼女達が知らなかったことは幸運でしたわ。こちらが実は無理難題を申し上げていると、気づかれなかったのですもの」

返事をしながら、リディーは微笑む。

そう、どんなに良い物でも、売れない時は売れない。

リディーだって最初の品は思ったように売れなかった。

何がいけないのかと試行錯誤したあげく、廉価《れんか》版として効果が薄いけれど容量を増やした物を出したら、急に売上が増えた。

リディーはほっとしつつも「商売って難しいのですわ」とぼやいたものだ。

物の良さより、値段がわずかに高すぎたとか、香りや使った感触のわずかな差。そういうものが、購入の決定にかかわってくるらしいのだが……。同じことをしても、毎回売れるとも限らない。翌年には人々の気分が変わって、少し高い方が良く感じて買われたりする。

だからリディーは、いまだに試行錯誤し続けているのだ。

けれどあの令嬢達は、そんな試行錯誤が必要になるなんて想像もしていないはず。

女は商売に手を出すべきではない、という貴族の価値観があるから、商売をしたことがないのだ。

そういうことは男が考えるもので、試行錯誤して働くのは使用人の仕事だというのが、一般的な現代貴族の常識だったりするせいだろう。

おかげでころっと騙《だま》されてくれた。

「こんな手が使えるのも、商売を直接差配する貴族令嬢や夫人が私ぐらいしかいない今だけですのよ。そこも幸運でございました」

「その知識を持っているというだけで、十分にあなたは素晴らしい。そしてそこまで見抜いたうえで、彼女達を引き下がらせた手腕に感心しました」

「……ええと、ありがとうございます」

まっすぐに褒められて、リディーはいつになく恥ずかしくなる。

(ちょっと褒めすぎではないかしら？)

前世でだって、一生懸命仕事をしたところで、こんなに手放しで褒められたことはない。

リディーはもじもじしつつ、エントランスへ到着した。

「さぁ、中へどうぞ」

抱き上げていた姿勢から降ろしてもらったリディーは、両開きの扉の向こうへ足を踏み入れた。

「ようこそおいでくださいました」

事前に知らせていたからだろう、エントランスの中にはメイド達が整列し、出迎えてくれていた。

口火を切ったのは、真正面にいた壮年の婦人。

たぶん、彼女が前侯爵夫人だろう。

(あ、顔立ちが似てる。侯爵様はお母様の美質を受け継いだのね)

前侯爵夫人はロアンナという名前だったはず。

ジェラルドと同じベージュブロンドの髪をした、とても美しい人だった。とある公爵家からカーティス侯爵家に嫁いできたと、リディーは記憶している。

(ご病気……なのかしら?)

それほど長く病みついているようには見えない。あまり日に当たらない生活をしているのか、少々肌が青白い気はするけれど。それに「実は背中ぎっくりが」と言い出すリディーの母よりも、背筋《せすじ》もしゃんと伸びて姿勢もいい。

歓迎の言葉を口にしつつ無表情なのがやや怖いが、『弱小伯爵家出身の嫁だなんて』とか言い出すわけでもない。だからリディーとの契約結婚を、嫌がってはいないと思うのだが……。

「申し訳ないけど、体調がすぐれないから失礼するわね……」

そう断った前侯爵夫人ロアンナに、ジェラルドはうなずく。

「また後でお伺いします」

「わかったわ」

そのままロアンナは、エントランスから階段を上がって自室へ戻って行った。

足取りも重くはない。

(本当に、病気なのかしら？　でも昼間は大丈夫でも、日が落ちると悪化する病気だってありますし。今の時間が一番お元気なだけかもしれないのですわ)

リディーは首をかしげつつも、そう自分を納得させた。

「母は食事も普段から自室で取ります。部屋も三階でリディー嬢とはフロアが違うため、顔を合わせることはほとんどないと思います。まずは部屋へ案内しましょう」

ジェラルドが先導してくれて、二階の部屋へ移動する。

階段を上がると、緋《ひ》色の絨毯《じゅうたん》が敷かれた廊下を進んだ。

大型家具も悠々と運べる広い廊下の壁は白で、廊下の端にある出窓からの光を余すところなく拡散して明るい。

そしてどの部屋の扉も、美しい彫刻がほどこされている。

さすが伝統のある侯爵家だ。

中でも、重厚そうな白檀《びゃくだん》の扉の前でジェラルドが立ち止まる。

「こちらになります。昨日から急ごしらえで準備しましたが、足りないところも多いと思いますので、ご要望があればおっしゃってください」

なんていう申し出をされたものの、内装も家具も、その配置も素晴らしいものだった。

壁は白に可愛《かわい》らしすぎない梔子《くちなし》色の模様。床には落ち着いた淡いブラウンの絨毯。家具も暗すぎない色のオーク材だろうか。おかげで全体的に部屋が明るい。

カーテンの色は薄紅色で、女性の部屋らしさを感じる。

「衣服などは、必要があれば執事のゲランに言いつけて、作ってください。装飾品も侯爵家の所持品は自由にお使いください」

「はい、お気遣《きづか》いありがとうですわ……でも」

侯爵夫人として、パーティーなどに同席したり、訪問客の前に出るにはそれなりの値打ちがするドレスもアクセサリーも必要だろう。

(でも一年だけの約束なら、好きなだけ作られても困るのでは……?)

もしかして、商売に成功したリディーは貴金属を沢山持っているから、埋もれるほど買わないという信頼があるのだろうか?

首をかしげていると、ジェラルドに尋ねられる。

「何かご心配なことが?」

「ええと、想像以上に私のことをご信頼いただけている、と思いましたの」

遠回しに疑問を口にしてみる。

それでジェラルドには何を言いたいかわかったようだ。

「あなたが契約をした相手を思いやる方だと知っていますので。無駄遣いはなさらないだろうと思っています」

「え、どこからそんな話をお聞きになったのですか？」

「モートン家の事業をあなたが主導している話が興味深くて、あなたの家と取引していた商人から話を聞いたことがあったのです」

「商人から!?　一体どんな話を……」

気になって聞くと、ジェラルドが小さく笑う。

「僕が聞いたのは、製造から直接関わって自ら工房へ足しげく通って、工房の職人にも約束通りの不思議なほどの厚遇をしているという話ですね」

「あ……」

リディーはそれでジェラルドが目を留めた部分に気づく。

前世ではあった福利厚生。

この世界では、怪我や病気に対する理解などはあるので、そのあたりは契約せずとも治るまで休ませることも多いが、給料保証などはない。

即解雇も普通に行われている。

だけどリディーは、病欠の間も給料を半分保証し、育児や老いた父母の世話で休む時も同じようにした。

おかげで工房の職人は「解雇なしで休めるし給料も出るって!?」と大いに驚き、噂が広まって、働きたい人が沢山押しかけてきたぐらいだ。

商人もそれを聞いてびっくりしていた。

リディーとしては、製造の秘密を自主的に守ろうという気持ちになってもらったり、他の工房に取られないようにするための、対策のつもりだったのだが。

ジェラルドも驚いただろうな、と思うが、彼の考えはリディーの予想を超えた。

「商品の秘密を守らせるためでもあるのでしょう？」

「え⁉　なんでおわかりになったんですの？」

思わず尋ね返してしまう。

今まで、これを聞いてリディーの本当の目的を言い当てた人はいなかったのだ。

特に貴族など、庶民にそんな厚遇をするのかとそればかり気になったようだったし。

「すぐにわかりましたよ。そんな風に秘密を守るために対策ができる人なら、契約の大切さや、契約相手を裏切ることはないと思いました。……違いますか？」

リディーは内心でほっとしつつ、答える。

「私をそのように評価していただいて嬉《うれ》しいですわ」

お礼を言うリディーは、なんだか心の中が温かいなと思う。

誰も説明無しでは気づかなかった大事な部分に、気づいてもらえたからだろうか。

そしてリディーは、さらにこまごまとした取り決めをその場で行っておく。

「もっと時間をかけて話す予定だったことを、今ここで打ち合わせてもよろしいですか？」

「もちろんです」

うなずいたジェラルドが、室内のティーテーブルに座り、リディーも向かい側に着席した。

ベルを鳴らすと運ばれてくるお茶とお菓子。

それに手を伸ばしながら、二人で同居の取り決めなども行っていく。

「結婚に必要な書類は、今日、僕が提出してきますので、まずこちらに署名をお願いします」

用意していたらしい書類を、ジェラルドが差し出す。

リディーはさらりと目を通し、普通の結婚許可申請書だと確認したのですぐに署名した。

これを王家に届ければ、結婚の予定であること、婚約したことが伝わる。

「それでは今後の生活ですが……この屋敷の中にいる使用人には、契約のことは伝えておりません。契約の話をした結果、本当の侯爵夫人ではない、と軽んじる者もいるでしょう。当家の使用人は忠誠心こそ高いのですが、侯爵家を思うあまりに、そんな行動に出ないとは限りません」

リディーはうなずきを返す。

使用人に軽んじられるようなことがあれば、様々な不都合が発生してしまう。

手を借りないとドレスは着られないので、手を抜かれるとリディーがみすぼらしい服装をするしかなくなってしまうし、髪だってぼさぼさにされかねない。

それどころか食事に手を抜かれたり、混ぜ物でもされたら病気になってしまう。

ジェラルドの虫よけをするどころではない。

「ジェラルド様のご意見に同意いたします」

そう答えたら、ジェラエルドが少し寂しそうに言う。

「あと、夫婦らしい態度になるように、努力いたしませんか？」

「夫婦らしい態度、ですの？　どのような感じをお望みですか？」

ジェラルドはたぶん、結婚する相手なのに素っ気《そ　け》なくては困る、と思って提案したのだろう。

しかしリディーではこの屋敷の使用人達が、どれくらい『演技』をしたら騙されてくれるのかわからない。

するとジェラルドがやや照れたように視線を一瞬だけそらした。

「ええと、夜に逢瀬《おうせ》をするとか」

「夜……」

逢瀬と言うのなら、とりあえず会って話せばいいのだろうか？

「わかりましたわ」

うなずくと、ジェラルドは安心したように微笑んだ。

「時刻になったらお訪ねしますので」

そう言ってから、ジェラルドは使用人を呼ぶベルを鳴らした。

入ってきたのは、一人の女性だ。

リディーと同じ年ごろで、頬《ほお》にうっすらとそばかすのある茶色の髪のメイド。

ジェラルドは彼女を紹介してくれた。

「これからあなたの専属のメイドとなります。アシナ、ご挨拶を」

「はい、奥様にお仕えできることになり、大変うれしく思っております、アシナと申します」

お辞儀が綺麗《きれい》だ。

もしかすると、メイドとは言っても侯爵家に古くから仕える家の人かもしれないし、元は他《よ》所《そ》の貴族令嬢に仕えていたのかもしれない。

だからリディーの専属にしたのだろう。

顔を上げたアシナは、リディーに笑みを見せてくれる。

その顔に、信頼してほしい、この人はどんな主人なんだろう、これからどんな生活が始まるのかな、という気持ちが見て取れる気がした。

「これからよろしくですわ」

挨拶をしたリディーは、まずはアシナと一緒に手持ちの荷物をほどく。

「奥様、動かしたい家具などはございますか？」

アシナは模様替えしたいかどうかまで聞いてくれる。しかしリディーとしてはこのままでも不満はない。

「使ってみて支障が出てからでいいですわ。あ、でも書類棚を一つ追加していただけると嬉しいのだけど」

「承知いたしました」

モートン家の稼業についての書類を置くために必要だった。

とアシナに説明すると、彼女はちょっと嬉しそうに笑った。

「実は奥様のご実家の化粧品、私や他の侯爵家のメイドも愛用しているのです。手荒れがとても良くなるので。特に水仕事をしているメイドは喜んでいます」

「使ってくれて嬉しいですわ。それなら、使う人数分を実家から贈らせてもらおうかしら」

「えっ、本当ですか⁉」

アシナが目を丸くする。

「で、でもさすがに人数分は……」

アシナの戸惑う気持ちは理解できた。

庶民用のクリームとはいえ、原価と利益の関係で、すごく安くはできていない。

なにせ宅配便サービスもない中で、自前で馬車を所有しての輸送もしなければならないし、瓶に入れるのも人手に頼った作業で人件費がかかる。

前世で買うクリームの何倍も高価になるのは当然だった。

アシナの立場だったら、リディーも無邪気に受け取るのをためらっただろうから。

安心させるように、リディーは微笑んだ。

「大丈夫ですわ。販売をしている家が、その程度を準備できないなんてありえませんのよ」

「十五人おりますが、本当に？」

「もちろん。十五人分を毎月常備させたって問題ないのですわよ」

答えながら、リディーは何かがひっかかった。

一方のアシナはほっとした表情になる。

「ありがとうございます！　みんなに伝えます！」

「ええ、ぜひ知らせておいて。明日には実家から送ってもらうわ」

（十五個なんて楽勝ですのよ！　って、そうですわ……）

ひっかかったのは、侯爵家に勤める人数だ。

少なすぎる。

（きっと洗濯や調理に回っているメイドの数を外して……ですわよね？　調理だって侯爵一家だけで三人いるのですし、給仕を兼務しても最低九人はいないと、休憩もできませんし。それに急なお客様が来た時のために二人。そのほか庭師もいるでしょうし……）

とにかくここは、前世とは違う生活様式なのだ。

魔術は高価で特別なものだから、そもそも日常には使われない。

調理は薪《まき》に火をつけての調理だし、洗濯もぐるぐると回す道具があるとはいえ、それも人力だ。

人海戦術が基本のこの世界で、メイドの数は貴族一人につき最低十人は必要だと言われる。

果たして、侯爵家の仕事をメイド十五人で回せるものなのか……。

そのうちに、追って到着したリディーの衣服や蔵書などが部屋に運び込まれた。

もう一人メイドが手伝いに来て、ようやく片付けが完了した頃には、すっかり喉が渇いてしまっていた。

手伝いのメイドを見送った後で、リディーはアシナに頼んだ。

「お茶を頼めるかしら」

「私が持ってまいりますので少々お待ちくださいませ」

アシナはそう言って、風のように部屋を去る。

鮮やかな行動にあっけにとられつつ、リディーは「あら？」と思う。

普通、貴族の貴婦人の側《そば》には、メイドが一人は待機するものだ。

電話があるわけでも、メールで離れた場所にいる人に頼みごとができるわけでもないから。

だからメイドは、必ず近い場所に待機して、誰もいない状態をなるべく作らない。人数が足りない場合、応援はベルで呼ぶのが普通である。

「人手不足だとは聞いていたけど、ベルを使って呼ぶこともないほどなのね……」

でも侯爵家が貧乏なわけもない。

ジェラルドは侯爵の地位を持つので、王家から年金を与えられているほどだ。

そのうえ領地の潤沢な税収がある。

「まさか、政治的なスパイでも入り込んで、一斉摘発した後だったりするのかしら？　うーんわかりませんわねー。外を守る私兵の数は、さすが侯爵家と思ったのですけれど」

忍び込もうとする令嬢達を警戒し、敷地をぐるりと囲むように、塀の内側には私兵が配置されていた。

ネズミ一匹見落とさないという鉄壁の守りだが、その人数を配置し続けるのには、かなりの維持費がかかる。

「ま、まぁ、侯爵家は合理的なのかもしれないですわ」

少数の使用人で、上手く回すのがカーティス流なのだろう。

一年だけ侯爵夫人をするリディーが、口を挟んでも問題になるだけだ。

無理やり納得しつつ、アシナを待つリディーだった。


お茶をした後は、間もなく昼食の時間だ。

「旦那《だんな》様と一緒に、食堂にてお召し上がりいただければ幸いです」

アシナに案内され、リディーは食堂へ向かう。

その途中、食堂らしき場所から出てくる人がいた。

年齢はリディーよりちょっと下だろう。

まだ成人していない十七歳くらいの男性。背はリディーより高い。

髪色は淡い茶色だ。さらさらとした細めの髪の下にある目は、やや吊《つ》り気味で色は青。

でも何より一番目を引くのが、秀麗な顔立ちだ。

(カーティス侯爵家の人よね？　青いジャケットも縁取りの刺繍《ししゅう》が細やかで、色あせも、擦り切れもないわ)

そんなことを観察したところで、リディーは妙な既視感に気づく。

(どこかで見たことがあるのですわ……。でも私、カーティス侯爵家の方と知己《ちき》になれる機会はありませんでしたのよ。しかも彼は、ジェラルド様のご養子だと思うのですわ)

カーティス侯爵家に住んでいる男性貴族なら、彼しかいない。

彼は静かに歩いてきたリディーに最初気づかなかったが、ふっと顔を上げてこちらを見たとたん、足が止まる。

表情が固まって――つぶやく。

「……山の中。君はもしかして」

「山？」

いぶかしみながらつぶやいたリディーに、彼はさらに言う。

「覚えていないのか？　一緒に逃げただろう」

「逃げた……？」

そう言われた時、ふっとある光景を思い出す。

息が切れそうになりながら、必死に駆け下りた山のまばらな木々と転げ落ちそうな坂道。

そう、リディーはその昔、山中を走って逃げたことがある。

しかも、茶色の髪の男の子と逃げ出そうとしていた。

そこまで思い出したところで、年々、記憶の中でぼやけていった男の子の顔が、リディーの脳裏で目の前の人物の顔と重なった。

——あれはリディーが十歳の時のこと。

せっかく異世界転生したなら、魔術を使いたかったリディーだったが、すぐに素質がないとわかった。

それでも魔術への興味は増すばかりで、魔術の本を読み漁《あさ》る変わり者の少女になっていた。

そのうち、まだ存命だったリディーの父が魔術師を見つけてくれた。

運よく、その魔術師はモートン家の領地の端っこに住んでいたので、リディーは何度も訪問して話を聞くことができた。

そんなある日、リディーは誘拐された。

(魔術師のところに出入りしていたから、弟子になる人間だと思い込んだらしいのですわ)

希少な魔術師の卵だと勘違いされ、リディーは誘拐された。

悪いことに、訪問していた魔術師が偏屈な人で、同行していた父が手土産《てみやげ》に鹿を要求され、射止めようとしていて離れていたのだ。

そんな時に、リディーが魔術師の家から出てきてしまった。

父の姿を捜して十数歩進んだところで、身を潜めていた奴隷商人にさらわれたリディーは、山中の目立たない洞窟のアジトに放り込まれた。

そこで……一人の男の子と会ったのだ。

悲鳴も上げられず、泣くことも忘れたような表情の、ボロボロの子供。

でも顔立ちは綺麗で、リディーは（こんなに美人な子って本当にいるのね）としげしげと見てしまったぐらいだ。

とにもかくにも、逃げなければならない。

そうは思ったリディーだったが、すぐに行動できたわけじゃない。

助けを呼んだところで、すぐ来てくれるわけでもない。

アジトにいるのは大人が五人。

子供の足では逃げてもすぐに追いつかれる。

そして、逃げた罰としてひどい目に遭わされるのはわかりきっていた。

考えれば考えるほど動けなかったリディーは、どこかへ移動させられた時に隙をうかがうしかないと思い定める。

それまでの間と思い、ショックを受けすぎたのか、食べ物すら喉を通らない様子の茶色の髪の男の子の世話を一日して、現実逃避していたのだ。

翌日。

リディーは洞窟から外へ出された。

そこで、リディーはまだ誘拐された場所の近くの山にいるのだと感じた。

遠くに見える山並みが見覚えのあるものだったからだ。

ここで逃げなければ、二度と父や母に会えないかもしれない。

そんなことを小声でつぶやいた時だった。

「魔術を使ってみる。それであいつらが混乱している間に逃げろ」

隣にいた男の子がそんなことを言い出した。

彼は、本当に魔術師の素質がある人間だったらしい。

「だけど俺の魔術はへなちょこだから、あんまり効果がないかもしれない。そうしたら俺が大騒ぎをするから、お前だけでも逃げろ」

自分より小さい子が、そんな男前なことを言い出したのだ。

リディーはびっくりしつつ、彼を見捨てて行けないと反論した。

だけど男の子はきっぱりと告げた。

「俺の方が強いんだから、残るのは当たり前だ。それが申し訳ないなら、上手くいって再会できたら結婚してくれ」

唐突な求婚だった。

でも命がかかっている時だったから、返事をするどころではなかった。

話をしていることを聞きとがめられ、男の子と引き離されそうになったからだ。

その時男の子は、とっさに魔術を使った。

それは彼が話していたような『へなちょこ』どころではない。

恐ろしい強風が、男達を一気に吹き飛ばした。

男達は近くの木にぶつかって、気絶して地面に落ちる。

リディーは自分の目を疑って呆然としてしまう。

でも男の子が「走れ！」と怒鳴る声で、足を動かせた。

そうして逃げ続ける間に、あの男の子がまた魔術を使ったのか、何度か轟音《ごうおん》が聞こえた。

響き渡った音のおかげか、リディーは間もなく父と再会できた。

父の方も、ずっとリディーを捜して山を捜索していたらしい。

その後、あれよあれよという間にリディーは家へ帰らされた。

人さらいに関しては、父が奴隷商人を捜していた討伐隊が捕まえたから大丈夫と言っていたので、安心していた。

そうして男の子とはそれっきり、会うこともなかったのだ。

なにせ名前を聞きそびれた。

それに父が、リディーは強いショックを受けていると思ったのか、あの事件のことを詳しく教えてくれなかったのだ。

せいぜい『捕まっていた子達はみんな家に帰ったよ』とか、『悪い人たちは捕まったから大丈夫』ぐらいだ。

そのまま、早く忘れてほしがっている父と母の様子に、リディーは話題に出すことも控え、そのまま記憶は遠ざかってしまったのだ。

求婚のことにしても、何年かしたら忘れるようになっていった。

時々ふと思い出しても、「あの子も、きっと家に帰ったらあんなひどい出来事は忘れたくなるかもしれないし、きっと自分みたいに記憶もあいまいになっているでしょう」と考えていたのだけど。

（……まさか、こんなところで再会するなんて思いもしませんでしたのよ）

リディーは困惑する。

「君は、九年前のことを覚えていないのか？」

彼に言われて、答えに詰まる。

これから結婚する相手の養子が、かつて自分に求婚した人だったなんて、ちょっとない状況だ。

(いえ、でも待って。この方は別に『求婚のことを覚えているか』とは言っていないわ。だから、事件の時に一緒にいた子かどうか、確認をとりたいだけかもしれません)

そう結論付けると、リディーは慎重に尋ねる。

「九年前、私をお助けくださったのは、あなただったのですか?」

まずは事実確認をしようとしたら、彼が爆弾発言をしようとした。

「それだけじゃない。結婚のや……」

リディーは光の速さで彼の口を手でふさいだ。

少し後ろに下がって見守っているだけで、アシナが側にいるのだ。

(これから養父に嫁ごうとしているのに、養子にまで求婚されたことが知られるなんて、どうしたらいいかわかりませんのよ!)

焦《あせ》って真っ白になりかけたリディーだったが、彼の方はどんどん頬が紅潮していく。

(あら大変。窒息しそうだったかしら?)

殺しかけたかとびっくりして手を離したが、彼は続きを言うでもなく、真っ赤な顔をしたままだ。

怒らせたかと思ったが。

「やわらかかった……」

妙なことをつぶやいている。機嫌を悪くしたのではないらしい。

すると、背後から近づいてきたアシナが彼に声をかけた。

「サーシャ様。奥様に何か問題でも？」

アシナの方は、二人が会話を始めたところで少し後ろに下がったため、リディー達の会話がはっきり聞こえなかったようだ。

彼の名前はサーシャというらしい。

サーシャは、アシナの言葉に目を見開いていた。

「え……奥様？」

愕然《がくぜん》とした表情をして、サーシャが凍り付く。

一方のアシナは、サーシャが「この人が新しい奥様なのか？」と聞かれたと考えたようで、リディーのことを説明した。

「サーシャ様、この方はご当主様の奥様になられる、リディーシア・モートン伯爵令嬢です。奥様、この方はサーシャ様です。昨年ご当主様の養子になられました」

やはり彼は、ジェラルドの養子だった。

そしてサーシャは、はっとしてからすぐに傷ついた表情に変わる。

「うそだろ……。約束したのに。そんな……」

悲しげな声に、リディーもさすがに心が痛む。

（結婚の約束を忘れずにいたのですね、サーシャ様は。しかもその相手が養父と結婚して、自分の義理の母になるなんて……）

とはいえ、契約をしてしまった後なのだ。

リディーが困っていると、サーシャが目を潤ませたままどこかへ走って行ってしまう。

事情を話すべきかとは思うが、ここでリディーが追いかけたらアシナに変だと思われそうだし、上手いごまかし方もとっさに思いつかない。

悩んだ末に、じっと去った方向を見つめてしまっていたら、アシナが気遣ってくれた。

「奥様、どうぞお気になさらないよう。サーシャ様はその、少し素っ気ないところがおありになって……」

事情を知らないアシナとしては、サーシャが年齢の近い養母に戸惑ったと考えたんだと思う。

そこへジェラルドがやってきた。

「どうしたんですか？」

食堂の中にいたようで、先ほどサーシャが出てきた部屋から姿を現す。

「あ、ジェラルド様。ごきげんよう」

「ごきげんよう、リディー嬢……何かあったんですか？」

「いえ、その……」

本当はサーシャのことを話すべきかと思ったが、事情が複雑すぎる。

どう説明すべきか迷った末に、リディーはあいまいな言い方をしてしまった。

「特に何もございませんでしたわ。ちょっと考え事をしてしまっただけですの」

しかしリディーが詳細を伏せたことは明らかだったから、ジェラルドはアシナに詳しい説明を求めた。

「何が起こった？　アシナ」

「はい。先に出てこられたサーシャ様に、奥様がご挨拶されたところ、素っ気ない感じでいらっしゃったので、奥様が不安になられたようなのです」

その説明で、ジェラルドは納得したようだ。

「態度が悪くてすまない。あなたと二つしか歳《とし》が離れていないし、来年には成人だというのに大人げがない子で……」

謝られてリディーは慌てる。

サーシャの態度の理由は、養母が来たからという代物ではない。

(さ、サーシャ様は何もしてないのですわ！　むしろ私の行動で傷ついてしまっただけで！)

だからジェラルドに言った。

「大丈夫ですわ。急に家族が増えて戸惑われただけでしょうし、時間をかければいずれわかってくださいますわ」

サーシャのことを擁護すると、リディーがそう言うなら……とジェラルドは表情を穏やかにしてくれた。

「言われてみれば、急に母ができたわけですから、戸惑うのも当然かもしれません」

「そうです、そうですのよ！　あの年ごろの男の子は、なにかと複雑な反応をしがちですし！」

成人直前の男性心理を知っているわけではないリディーだが、適当に言っておく。

でもそれでジェラルドは納得したらしい。

「受け入れるまで、少しそっとしておいた方がいいかもしれませんね」

ジェラルドからその言葉が出て、リディーは内心で（ああよかった）と安堵《あんど》した。

そんなリディーに、彼は教えてくれる。

「できれば穏やかに、家族として受け入れてほしいですしね。でもリディー嬢のおかげで、わけのわからない女性達がいなくなってくれたので、それを聞けばサーシャもあなたを尊敬し、受容しやすくなることでしょう」

「え。お屋敷周りにいた方々が、もういなくなったのですか？」

そんなに早く効果が出たのかと驚いていると、ジェラルドがうなずく。

「いつもなら昼に別の一団がやってくるのですが、その姿もないようです。これは夜も期待できそうです」

彼は相当嬉しいのか、ほくほく顔だ。

いつもクールそうなジェラルドが無邪気に喜んでいる様子に、リディーは微笑ましくなる。

ジェラルドは清々《すがすが》しい笑みを浮かべながら、リディーに手を差し出した。

「ではリディー嬢、改めて昼食をご一緒していただけますか？」

「はい。お腹《なか》がすいてしまいましたので、ぜひ」

リディーは教科書通りに自分の手を重ね、一緒に食堂へ向かった。

サーシャには後でゆっくりと経緯を説明しておこう。

ジェラルドからも説明を受けているだろうけど、リディーも切実にすぐ助けを必要としていたことを説明したら、理解してくれるかもしれない。

その後、落ち着いたところで求婚は子供の頃のことだったので……と、弁解するのだ。

リディーは今後のことを考えつつ、食事を始めたのだった。

## その頃彼は　二

彼女がそこにいる。

ジェラルドは、食事をしているリディーのことを見ていた。

最近は男性の前で食べているところを見せたくない女性が多いらしいが、彼女はしっかりとこんがりとした厚いベーコンを食べ、ふわふわのパンを口に放り込む。

おいしかったのか、こらえきれない笑みが浮かんでいて、食事を楽しんでいるのがよくわかった。

一緒に食事をしているジェラルド自身も、とても楽しい。

（……これは、いいな）

穏やかで明るい日常が、ジェラルドの心に響く。

微笑《ほほえ》ましいとだけ思っていたジェラルドだったが、ふっと思いつく。

（こんなに無防備なのは、遠慮がないってことなのだろうか？）

猫をかぶる必要がない相手だからこそ、なのかもしれない。

でもそう思うと、少しもやもやする。

（形だけだと依頼したのは、たしかに僕だが……）

本当のところ、ジェラルドは普通に結婚を申し込みたいと思っていた。けれど彼女に嫌われたくなかった。だから妙な形の結婚を提案することになったのだ。

なにせリディーは、ジェラルドにとって羨望《せんぼう》の的だったから。

学院へ通っていた頃は、自分のように結婚のことを考えて苦悩することもなく、一心に自分の趣味に興《きょう》じていたリディー。

そんな姿がジェラルドには新鮮だった。

ジェラルドは侯爵家の後継者だったからこそ、結婚にいい印象を持っていないのにもかかわらず、告白をしてくる令嬢達をはっきりと遠ざけられずにいた。

結婚が嫌だったのは、実父のせいだ。

放蕩《ほうとう》者の父のせいで苦労している母を見ていたから、結婚そのものに負の感情を持っていた。

そんな中、結婚なんて関係ないとばかりに自分の趣味に没頭していたのがリディーで。

当時はただうらやましく、憧れの目で見ていた。

しかもその後、学院を辞めたリディーは、貴族令嬢ながらに自身が実業家として活動を始め、失敗するだろうと周囲が予感する中、成功を掴《つか》んだのだ。

いつか手助けが必要になるだろう。その時には結婚を申し込む機会もあるかもしれない。

そんな風に思って遠くから様子をうかがっていたジェラルドは衝撃を受けたのだ。

商売を思いついても、周囲の目に負けずにやり遂げる人は、そういない。

そんなまぶしい存在であった彼女に嫌われたくなくて、求婚するのをためらった。

なぜなら、誰かとの結婚に頼ることなく厳しい道を選んだからこそ、リディーは結婚したくないのでは？　と考えたからだ。

そうして、ただ遠くから彼女の動向を知ってはほぞを噛《か》むばかりの日々が続いた。

でもそれが、機会が巡ってきてようやく終わったのに……。

(早く普通の夫婦らしくなりたいのだが、どうしたものか)

次の問題を抱えて、ジェラルドはもやもやとしていた。

契約結婚、という形をとった判断は間違いではなかったと思っている。

彼女は正攻法で結婚を頼んでも、すぐにはうなずかなかったはずだ。

結婚すると決めて、見合いをしようとしていた彼女だったが、結婚したい相手がいるわけではなかった。

とすれば、仕事にさしさわりがなく迷惑をかけない、ほどほどの相手を理性的に選ぼうとしていたのだと思う。

そんな彼女には、利害の一致を証明するのが一番だっただろう。

おかげで見合いを始めた彼女を、素早く自分の元に引き寄せられたが……。

この結婚を長く続けるには、早いうちにリディーの心を掴む必要があった。

(彼女は、受け入れてくれるだろうか)

いずれ自分の抱える秘密を話さなければならない。

もちろん『そのこと』について造詣《ぞうけい》が深く、興味深々《きょうみしんしん》で調べたがるらしい人だから、リディーは他の人ほど驚いたり怒ったりはしないと思う。

でも拒否された時、ジェラルドはどうやって彼女を引き留め続ければいいのか。

(本当の結婚にまでたどりつければ、彼女も離れがたく思ってくれるかもしれない。でも、何をしたらいいのか)

今のところ、異性として意識はしてくれている。

だけどそれが恋にまでなってほしいのだ。

無関心だったところから、急にジェラルドと同じ熱量にまで到達してほしいとは言わないが。

「どうにか振り向かせなければ」

頼みの綱は、結婚を約束できたことだ。

だからこそ夜までずっと、二人きりでいても問題ない関係になれた。

その時間を使ってリディーに好きになってもらうしかない。

ジェラルドは食後のお茶を飲みつつ、今夜の行動について考え続けていたのだった。

## 三章　精霊の呪いについて調べましょう

その夜のこと。

「好き合って結婚するふりをすると言っても、本当に夜一緒にいるだけでいいのかしら？」

もし使用人が外部の人に『侯爵夫妻のご様子は？』と聞かれた時に、大恋愛の末に結婚したと思える話をするように仕向けたい、とはリディーも思う。

でも夜一緒にお茶会したぐらいでどうにかなるのだろうか？

首をかしげつつ、リディーはお茶の用意だけをして待っていた。

もちろん服装は、こんな夜中にアシナの手をわずらわせてはいけないので、自分で着替えられるような部屋着だ。

しかしなかなか来ない。

扉の方へ向かったリディーは耳を澄ましていたが……。

――トントン。

予想外の方向からノックが聞こえた。

「え、壁？　いえ。これは扉だったの？」

広々とした一間の部屋、奥の方に壁と同色の扉があったようだ。

壁そのものも彫刻や装飾がほどこされているし、小さな絵画もかけられていたのでまさかと思っていたのだ。

でもよくよく見れば、それは扉っぽく見える。

「リディー嬢。入っていいでしょうか？」

向こう側からジェラルドの声がした。

「あの、どうぞ」

応じると、壁が扉のように開き、ジェラルドが入ってくる。

驚いているリディーに、ジェラルドが首をかしげた。

「どうかなさいましたか？」

「あの、ここに扉があると気づかなくて」

「なるほど。一見すると壁そのものですから」

そしてドアノブがどこかなど説明してくれた。

「ここを押すと、ドアノブが現れます。鍵穴はここですね」

「彫刻がずいぶん立体的な壁だとは思っていましたが……。隠し扉とかそういうものですか？」

「色々な使い方がありますね。でもこれを作ったのは、まだ治安が今よりもひどかった時代、他の貴族家からの襲撃などがあった時に、隣の部屋に逃げ込むためのものだったとか」

「秘密の扉なのですね」

さすがファンタジー世界。

今は穏やかとはいえ、過去には貴族家同士の争いがひどかった時代もあると聞く。その頃には暗殺を避けるために様々な工夫が建物にもほどこされていたのだろう。

わくわくしていたが、ふと隣がなんなのか気になる。

「お隣は逃げ込める場所なのですか？」

「そちらは僕の部屋です」

「……え」

ジェラルドの顔を見上げ、扉を見て、リディーは理解した。

侯爵の部屋の隣には、妻の部屋。

もちろん夜に関するあれこれのためだとわかるし、普通の夫婦ならそれが正常だろうけど。

（どど、どなたか教えてくだされぱいいのに！　ってでも私が聞き逃したのかも！　忙しい時って、話しかけられた内容を覚えていないことも多いのですわ。失態ですわ！）

異様に焦《あせ》ってしまい、そんな自分を表に出すわけにもいかず、リディーは心の中だけで叫ぶ。

（そもそも、少し考えればわかるはずなのに……というかこれ、まさか）

リディーはようやく、ジェラルドが夜に会おうと言った意図を理解した。

（恋人たちの夜の逢瀬《おうせ》……。婚前交渉をしているふりをするということでは）

わかったとたん、胸がどきどきしてくる。

緊張で手に汗がにじむ。

（わわわ、私の人生でこんなことが起こるとは。そもそも、前世の記憶のせいで、夜中に人とおしゃべりするとか、会うことに対して、何とも思わなさすぎたのですわ）

だからジェラルドの提案にうなずいたのだ。

リディーの受け取り方としては、『会社帰りに夜中まで仲間と語らう』ぐらいのものだったから。

でも考えてみれば、結婚した男女が、仲のいいふりをするためなのだ。

そういう誤解をしてもらう、ということに気づいても良かったのだが……。前世で染《し》みついてしまった『自分は恋愛の範疇《はんちゅう》外』という意識が邪魔してしまったようだ。

リディーはまず落ち着くため、自分の気持ちを他にそらすことにした。

「と……とりあえずお茶を用意いたしましたわ。いかがですか？」

「ではお言葉に甘えて」

ジェラルドが隣室へ続く扉を閉める。

二人きりになったと思ったら、リディーの心にさらなる緊張感がわき上がった。

（契約関係だから、なのに……）

そうでもなければ、ジェラルドがリディーと結婚するわけもないのに。

決して個人的な用事で二人きりになったわけじゃない。そう言い聞かせていたのに、ジェラルドがとんでもないことを言い出す。

「実は、私室で女性と二人きりになるのは初めてで」

「えっ、あの、ジェラルド様だって女性とお付き合いしたことはありますよね？」

結婚前に恋愛をする貴族はいるし、禁忌というわけではない。

その時の相手が結婚相手になるかどうかは、また別の話になるだけで。

ジェラルドもそんな軽い恋愛ならしたことがあるだろうと思っていた。

(その容姿と家格に、落ち着いた性格なら、引き寄せられる女性は多いはずですわ)

なのに初めて？　とリディーは首をかしげる。

ジェラルドは苦笑いした。

「お恥ずかしい話ですが、うちの父が放蕩《ほうとう》者だったもので……。どうも異性関係というものを忌避していた節がありまして」

前侯爵が遊び人だったという話は有名だ。

だからこそ、子息のジェラルドの有能さが際立《きわだ》つようで、あちこちの貴族が彼のことを褒めているのをよく聞くのだ。

「そういえば、お聞きしていなかったのですが。お見合いをしていたということは、リディー嬢は好きになった男性はいなかったのですか？」

「ええと。そういうことに興味が出る頃は、借金のことで忙しかったのですわ。それを通りすぎたら、なんとしても自分が育てた事業を潰《つぶ》さずに済む相手がいいと思ってしまい……。どうしても、好みとかそういう目で男性を見られなくなりましたの」

お見合いも、事業にさわりがなければする気が起きなかったと思う。

もし結婚しないと家の評判が落ちるなんてことがなければ、独身で通して、いずれ親族の自分と考えが合う子を養子として家を継がせただろう。

色気もそっけもない理由に、ジェラルドは意外な反応を見せた。

「そうでしたか。でも、良かったです」

「良かった、ですか？」

首をかしげたリディーに、ジェラルドが微笑《ほほえ》んだ。

「おかげで、僕があなたのように素晴らしい人と結婚できましたから」

「す……素晴らしくはない、と思いますわ。普通ですもの、私」

特別に秀《ひい》でているというほどの容姿でもない。

芸術的センスがあるとも言えない。

憧れた魔術が使えるわけではなかったし、生まれ変わってファンタジー世界に来ても、その程度にしかなれなかったのだ。

「いいえ。商才に感心していることもですが、リディー嬢のように美しい人と一緒にいられるようになって、とても嬉《うれ》しいです」

「ううう、美しい？」

たしかに、前世みたいにブスではなかったことは、リディーの二つの人生で最大の幸運だったと思っている。

あれこれ化粧をしても普通ぐらいにしかならない自分に涙する必要もなくなった。

それに可愛《かわい》らしい服を着ても似合うようになったのだから。

だけどジェラルドのように麗《うるわ》しい容姿の人に、素晴らしいと言われるほどの美質ではない。

「あの……目がお悪いのですか？　ジェラルド様」

リディーはつい素で、そう聞いてしまった。

自分や前侯爵夫人を見慣れているのなら、リディーなんて褒めるほどではないと思うのだ。

「いいえ。ご自身ではあまり気づかないだけでしょう。お見合いをしていらしたあのパーティーで、あなたの姿を目で追っていた男性は他にもいましたよ」

「そんなまさか、ご冗談はおよしくださいませ」

きっとジェラルドなりのリップサービスだろう。そう思ってリディーは流そうとしたのだが。

「僕も、あなたに目を奪われた」

ジェラルドがささやくように言って、じっとリディーを見る。

思わずリディーは息が止まりそうになった。

（へ、蛇ににらまれたカエルってこんな感じですの？）

緊張感がじわじわと増す。

それでいて、見つめられているから恥ずかしくてたまらなくなってくる。

（私、凝視に耐えられるような美人ではありませんのよ!?　これは幻ではありませんの？）

もしや、うっかり眠ってしまって夢でも見ているのでは？

そう思って手の甲をつねってみた。

「痛いですわ」

「怪我《けが》をしたんですか？」

そう言ってジェラルドが席を立ち、リディーのつねって赤くなった手を持ち上げる。

「せっかく綺麗《きれい》な手なのに」

「いえ。つやつやしているのは全て、我が家の化粧品のおかげえええええええ!?」

語尾がおかしくなったのも当然だ。

ジェラルドが赤くなった部分に、突然口づけなんてするから。

（え、これって何？　いえ、貴婦人への挨拶《あいさつ》でこうするのはわかるのだけど、私、こういうのは経験がなくってよ!?）

そもそも今、挨拶をするようなことがあっただろうか？

混乱しきりのリディーの様子に、ジェラルドは微笑んで立ち上がる。

「お茶をありがとうございます。では、また明日」

そう言ってジェラルドはリディーの部屋から立ち去った。

「か、帰ってくれた……」

リディーは椅子《いす》からずり落ちそうになるほど、脱力する。

事業を起こそうとした時、借金の返済について初めて交渉しようとした時並みに、緊張感がすごかったからだ。

「し、心臓に悪いわ……」

まだドキドキする胸を押さえていたリディーは、しばらくして落ち着いたところで休むことにする。

今日はいろいろあって疲れた。

それに頭の中は先ほどのジェラルドの行動でいっぱいいっぱいだし、もう眠りの世界に逃げ込みたい気分でもあったのだ。

案の定、疲れ果てていたおかげで、その日はいつの間にか眠りに落ちていた。


翌朝は、なんだか気まずい気分で起きた。

身支度や寝起きの紅茶を持ってやってくるアシナの視線が気になった。

(あれで、私とジェラルド様が仲が良いと思われたとしたら、使用人のみんなが『そう』だと思ってることになるわけで……)

不仲だと思われるのは困るけど、夜に逢瀬をするほどの仲だと思われても恥ずかしい。

アシナの方は、特に表情も変えずにあれこれと世話を焼いてくれる。

そして何も言わない。

(もしかして、昨日のことは気づいていない?)

困るけれど、それでもいいかと思った時だった。

「奥様、朝食は体がお辛《つら》いようでしたらお部屋に運ばせますが、どうなさいますか?」

さらりと聞かれた言葉に、リディーは顔が真っ赤になるのではないかと思った。

(むしろ湯気出てない? それぐらい熱いんですわ!)

だけど恥ずかしさにのたうち回るわけにはいかない。

そんなひょうきんな部分を見せたら、さすがにアシナにおかしな人だと思われてしまう。

ぐぐっと耐えたリディーは、微笑んでみせる。

「いいえ。ジェラルド様と一緒にいただくのですわ」

「承知いたしました」

アシナは最後まで、普段通りの表情を保ってくれていた。

朝食の席には、すでにジェラルドがいた。

「おはよう、リディー嬢」

「お、おはようございます、ジェラルド様」

リディーは昨晩のことを思い出してぎこちなくなりそうだったが、ジェラルドはいつも通りのあっさりとした態度でいてくれる。

（そうね。偽装の仲の良さを演出はしても、別に表面上は普通にふるまっていても大丈夫よね？）

リディーはようやく安心して、肩から力を抜いた。

朝食後はジェラルドと共に外出して、実家で仕事についての采配をした後、帰宅。

昼食を済ませたら、自由に過ごしつつ、塀から屋敷の方を覗《のぞ》こうとする令嬢が現れたので、牽制《けんせい》するため庭を散歩することにした。

時々覗き込む令嬢を見つけては、放置してみたり、声をかけて驚かせたりして暇をつぶしていると、なんだか昨晩のことが幻だったような気がしてきた。

けれどそれからの侯爵邸での生活では、夜にはこの心臓に悪い行事を繰り返すことになったのだった。

ただし毎回、ジェラルドはお茶を一杯飲んだら部屋を出て行く。

「本当にお話だけのつもりなのですね」

四日目にはそのことに慣れて、リディーも安心して結婚式に招待する相手の相談などをするようになっていったのだった。


その間、ロアンナとサーシャとは、ほとんど顔を合わせることはなかった。

ロアンナは体調不良で、部屋で食事を済ませて寝付いているらしい。

サーシャの方は、食事の時間をずらしていたのだ。

(九年前に求婚した相手が別の人に嫁ぐとわかって、ショックを受けているのかもしれませんわ)

だからサーシャは、リディーに会いたくないのだろう。

リディーの方はあの求婚に「わかった」と答えたわけじゃなかった。

それでも宣言した以上はと、サーシャはリディーの知らないところで自分を捜していたのかもしれない。さもなければ、あんなに傷ついた顔をしないだろうから。

(きっと、私を見つけようと努力していたかもしれませんのに。どうお詫《わ》びしたらいいかしら)

正直に、もう捜していないと思ったと言ったら、余計に傷つける可能性がある。でも他に上《う》手《ま》い言い方が思いつけない。

悩むものの、結婚式は二か月後。

大急ぎで準備をする必要があり、サーシャのことはどうしても後回しにしてしまっていた。

そんな風にサーシャのことで悩んでいたこの日。

ジェラルドが忙しかったらしく、夜の訪問はなかった。

じっくり考える時間ができると思いきや、いい案は出ないし、リディーは疲れて眠ってしまった。


翌朝。

朝食の席で、とうとう夜に忍び込んでくる人や朝から押しかける人がいなくなったと、ジェラルドから聞いた。

「めげずに娘を紹介しようと招待状を送ってきたり、リディー嬢の秘密を教えたい、という妙な密書は来ますが、とにかく屋敷が少しは安全になったのでありがたいばかりです」

ジェラルドはそれが心から嬉しかったらしく、穏やかな表情をしている。

「私の隠し事って何なのでしょう？」

何か楽しい妄想をしているのだろう、とリディーは予想する。

「ご興味があるなら、聞いてきてみましょうか？」

ジェラルドが面白《おもしろ》そうにそんな提案をしてくる。

「いえ、ジェラルド様が厄介《やっかい》ごとに巻き込まれそうなので、やめておいてください」

そのネタを餌にして、ジェラルドを何かの罠《わな》にはめようとしているのかもしれない。

リディーがそう言うと、ジェラルドが楽しそうに笑う。

そんなジェラルドの様子を、リディーは不思議に思う。

「でも、私が何かおかしな隠し事をしているとか、疑ったりなさらないのですか？」

「信じていますから」

ジェラルドはあっさり言う。

商人から信用できる仕事ぶりだ、と聞いたからかしら……と思ったリディーだったが、違ったようだ。

斜め横の席にいるリディーに、ジェラルドがふいに言う。

「頬《ほお》に、クリームソースが飛んでいますよ」

「え？」

うそ、恥ずかしいと思いながらぬぐおうとすると、側《そば》にさっとやってきたジェラルドが、リディーの頬に触れる。

ぬぐってくれたの？　と思うが何かが違う。

片手で頬を包み込むように触れたままだ。

「え……」

「僕を疑いもしない人が、嘘《うそ》をついたりしないでしょうから。この数日だけで、それは十分にわかっていますよ」

「え、ま、まさかソースなんてついていないんですの？」

「はい」

ジェラルドは素直にうなずいた。

「え、じゃあなんでこんなこと……」

「あなたが僕を騙《だま》す気持ちがないからこそ、僕のことを疑わないと証明するのに手っ取り早いかと思いました」

リディーは心の中で（思うのはいいのですけど、なぜ私に触れる必要が？）と思うが、その疑問をジェラルドは読み取ったのかもしれない。

「でもこうしたのは、僕があなたに触れたかったからですよ」

そう言って、ジェラルドは何でもないことのように自分の席に戻る。

（ふ、ふ、触れたかったってどういうことですの⁉）

リディーの方は平静ではいられなかった。

（普通は、異性に触れたいなんて恋愛感情がある時しか……。いえ、まさかですのよ。前世よりは可愛く生まれて嬉しいのですが、私よりも、あのブレア公爵令嬢の方が美人でしたの。そんな美女を見慣れているジェラルド様にとって、こんな風に恋人のようにふるまうことなんて、余裕のよっちゃんなだけですわきっと！　……おっといけない）

リディーは心の中で（余裕がおありなのですね）と言い直す。

前世でおばあちゃん子だったリディーは、口癖が脳内に刷り込まれる勢いで移ってしまっていた。そのせいでうっかりすると、おばあちゃんの口癖である昭和ネタ満載の言葉が、口から飛び出してしまうのだ。

(前世では会社で『よっこいしょういち』と言って笑われたのですわ……。それが今世まで引きずられていたからこそ、絶対に出ないように対策した結果、行きついたのがお嬢様言葉でしたのに)

なぜか、前世でよく読んだ漫画のお嬢様っぽい口調でしゃべろうとすると、おばあちゃんの口癖が出なくなるのだ。

これ幸いと、この世界では謎お嬢様口調で話すようになって以来、リディーはこの口調が治せなくなったわけだが。

この世界では、謎お嬢様言葉でも普通だと感じてもらえるので重宝している。

多少は不思議に思ったりするらしいが、無礼な言葉遣いでもなく丁寧《ていねい》すぎるぐらいだし、時々似たような口調のご令嬢もいるので、さらっと流してもらえているのだ。

とにかく、リディーはそういうことなのだと心の中で結論付けた。

きっと数多《あまた》の女性に言い寄られたことがあるジェラルドなら、妻役のリディーに好意を持っているふりぐらいできるだろうと。

そんな食堂に、遅れてサーシャがやってくる。

朝は低血圧気味なのだろうか、ややしかめ面で食堂へ入ると、リディー達がいることに驚いたように立ち止まった。

眠たすぎて、いつものように時間をずらすのを忘れたのかもしれない。

逃げてしまうかと思ったが、あきらめたように養父のジェラルドとリディーに挨拶してくれる。

「おはようございます、お養父様《とうさま》、モートン嬢」

「おはよう、サーシャ」

「おはようございますわ」

その後は着席し、給仕されると黙々と食事をする。

いなくならなかったので、この間の会話のせいで自分を嫌ったわけではないらしい？　という希望がリディーの心に芽生える。

しかし食べ終えると、サーシャは即立ち上がって「お先に失礼します」と食堂を出て行ってしまった。

その姿を、リディーは目で追いながら思う。

サーシャとの関係は、おいおい再構築していくしかないだろう。契約をしている以上、ジェラルドとの結婚は必ずしなくてはならないし、サーシャも理解してくれるはずだ。

（それにいつかは、世の中にはもっと可愛らしかったり、優しい女性がいるとサーシャ様も気

づいてくださるでしょう）

リディーよりもっと美人で、性格も良くて素敵な女性は沢山《たくさん》いるのだから。

そんなことを思いつつ、目の前の食事を片付けた。

食事の終わりを見計らったようにジェラルドが言う。

「そういえばリディー嬢は、今日はどのようにお過ごしになられるのでしょうか？　何か屋敷の中でご覧になっていないところはありますか？」

言われて、リディーは思い出す。

「カーティス家には、精霊に関わる品などありますかしら？　よければ拝見させていただければと思っておりますの」

実は、リディーが一番この結婚で楽しみにしていたのは、精霊のことだった。

カーティス侯爵家は、精霊と縁が深い。

というか、アルゴス王家が精霊の血を引いていると言われているのだ。

初代王は精霊を妃《きさき》に迎え、精霊の助けを得て建国したとされる。

そんな王家と血縁もあるカーティス侯爵家は、精霊の力を持つ品を多数所蔵していることもあり、精霊に祝福された『精霊侯爵家』としても有名だ。

精霊の品は、たぶん腰掛け結婚のリディーが触れられるようなものではないだろう。

でも見るだけならどうだろう？

そう思って聞いてみたのだが、ジェラルドはすんなりと答えてくれる。

「もちろんありますよ。侯爵家の初代当主が遺《のこ》した物や、あちこちから譲り受けた品が、二階奥の所蔵品庫に置かれています。興味があるのならご覧ください」

「本当ですの!?　ありがとうございますわ！」

勢い込んで返事をするリディーに、ジェラルドは声を出して笑う。

「あなたは精霊も好きなんですね。魔物や魔術だけに興味があるのだとばかり思っていました」

「この世界の、不思議を集めたようなものが興味深いと思っておりますわ！　精霊も、魔術も、魔物も全部不思議で興味深いのです！」

リディーはとにかくファンタジーが好きなのだ。

異世界に転生した醍醐味《だいごみ》はそこだろうと思っている。

ここが前世の中近世みたいにファンタジーもなく、ただただ文明が発展していないために病気や災害が悪魔の仕業《しわざ》だと言われている世界じゃなくて良かった、と思っているくらいだ。

自分の思いを主張すると、ジェラルドが微笑む。

「やはり、あなたで良かった」

そんなジェラルドのつぶやきが、リディーの心に引っかかる。

(あなたで良かった、とはどういうことかしら？)

不思議に思ったけれど、聞き返すことはなかった。

すぐにアシナに案内させようと言われ、話が流れてしまったからだ。

そしてリディーも、他のことをしているうちに疑問ごと忘れ去ってしまったのだった。

なにせ精霊の品だ。

(魔術師や、魔物についての本は意外と会えたり、探し出したりできるのですけど、精霊は難しいのですわ)

とにかく希少。それが精霊だ。

姿を現すことがめったにない。

高名な魔術師や聖職者、王族なんかが見かけているらしいので、その度に実在を確認されてはいるのだが。

アシナに先導されて、リディーは所蔵品庫へ向かう。

廊下を歩く足が、気づくと躍《おど》ってしまいそうになるのは抑えたが、笑い声だけはだめだった。

「うふふふふふ」

「そんなに楽しみなのですね」

アシナが苦笑いする。

「あらごめんあそばせ。嬉しくて、つい」

「お気持ちはわかりますわ。私もこちらに勧めるようになって、精霊にゆかりのある品を見てとても楽しかったので」

「そうよね！　ロマンよね！」

アシナの言葉に、さらに興奮しつつ所蔵品庫へ到着した。

二重の扉になっているのは、防犯のためだろう。

鍵を開けたアシナが、「どうぞ」と扉を開いてくれる。

（いよいよ、御対面ですわ～！）

わくわくとして入ってみると、中は美術館のようになっていた。

作り付けの段が壁際にあり、そこに様々な品が置かれている。

指輪や金に瑠璃《るり》の宝石がちりばめられた杯、銀化した竜の翼の骨。古い冊子も金と宝石で表紙が仕上げられている。

綺麗に板ガラスのケースに入っている物もあるが、美しい宝石箱に入った品もあった。

これ一つ一つだけでも一財産になりそうな品だというのに、精霊が祝福を与えたりした品ばかりなのだ。

「……素晴らしいですわ。こんなにも沢山、精霊の息吹を感じられそうな品があるだなんて。花畑の中にいるかのよう」

感嘆のため息をつくリディーに、アシナが微笑んだ。

「これからも何度でもご覧になれますよ。侯爵家の奥様におなりなのですから。ゆっくりご鑑賞くださいませ」

アシナにうながされ、リディーはそっと一つ一つの品に近寄る。

瑠璃の杯が、最も手近なところにある。

この宝石の一つ一つに、精霊の痕跡があるのかもしれないと思うと、リディーは胸がどきどきしてきた。

「触れられても大丈夫でございますよ。奥様なのですから」

背後からアシナが甘い誘惑をささやいた。

(さ、触ってもいいんですの!?)

許可をもらったので、欲求のままリディーは手を伸ばした。

(ゆ、指先で触れたら、精霊が出てきてしまうかもしれないわ。きゃーどうしましょう!)

心の中で叫びつつも近づけた指先が、ちょんと瑠璃の杯に触れた。

「…………何も起こりませんわね」

不思議なことは何も起こらなかった。

精霊が出てくる気配さえない。

リディーは内心で激しく悔しがる。

(異世界から来た人間が触ったら、こう、不思議なことに精霊が出現！　みたいなのをちょっと期待したのですけど……くぅぅぅ)

精霊と会えるかもしれない期待があるからこそ、実際に出てこなかった時の落胆は強かった。

（いえ、でもまだ他がありますわ。他の品に祝福を与えた精霊が、もしかしたら私に友好的で、出てきてくれるかも！）

思いついたリディーは、次の品へ視線を移した。

「竜の翼って、こんな骨なんですのね。ああ、撫《な》でまわしたい……」

「もちろん、こちらにも触れて大丈夫ですよ、奥様」

アシナが再度勧めてくれるので、リディーは「そ、それならちょっとだけ」と言って触ってみた。

――ちょん。

……………。

（これもダメですわ）

しかも、目の前をブンと虫が飛んで行ったように見えた。

まるで精霊を呼び出す妄想をしていたリディーを、あざ笑うかのように。

実際に現れるのは、虫ぐらいだとでも言われているようだった。

（なんだか恥ずかしいわ。でも、精霊の品に触れられる機会なんて、そうそうないのですわ！）

今は侯爵夫人になるからと、アシナは勧めてくれているけど、うっかり『一年だけの契約』だと知られた時には、なんやかんやと遠ざけられるかもしれない。

リディーはもっと積極的に展示されている品に触れるようになった。

精霊に興味がなくても、美術品としてとても素敵な品々だが、精霊が祝福を与えたのだから何かしら理由や、特別な部分があるはず。

そう思い、次々に色々な品をひっくり返して裏を見たりと色々してみる。

時折、かすれたような文字らしきものが見えたけれど、ほとんどが判別不能なほどに薄い。

(でも高級品は、職人の銘を入れることはこの世界でもありますもの。それが即精霊に関連するとは限らないんですのよね)

やがてリディーは部屋の奥の品にまでたどりついた。

(この剣、素晴らしすぎるのですわ)

最奥には、金色の剣が鎮座していた。

柄《つか》の端には美しい緑の宝石がはめ込まれ、鍔《つば》にいたるまで繊細な装飾があしらわれ、蔓《つる》を伸ばしたような美しい形をしている。

鞘《さや》も透かし模様の美しい造りで、そちらも金。

豪華さを繊細さで仕上げたような剣だ。

剣をずっと見つめていたリディーだったが、ふと、それよりも目が魅《ひ》かれる物が隣にあった。

壊れた細工物という感じの残骸。

元はティアラだったのだと思う。

繊細な金に、薄黄色の宝石がはめ込まれている。

(これはたぶん、シトリン？)

ダイヤほど硬質な印象を受けない、どこか柔らかな感じの美しい宝石。

親指の長さほどありそうな大きな宝石が中央を飾っていた。

その宝石を取り囲んでいただろう、繊細な金で作られた蔓模様が引き裂かれるように壊れ、外れたのだろう宝石がその周囲に置かれている。

「そちらは、壊れてしまいましたが、精霊の冠でございます」

ついてきていたアシナが、そっと教えてくれる。

「壊れた状態でも、なんだか気品があって素敵なのですわ」

まるで廃城の奥深くに眠る、破壊された宝飾品といった雰囲気だ。

(なんだかファンタジックな秘宝みたいな感じがするのです。壊れてもそのまま保存されているのですから、すごく曰《いわ》くがあるのでしょうね)

リディーはその冠にも触れてみることにした。

壊れた部分は、さすがにそれ以上崩れると申し訳ないのでやめておき、一番丈夫そうな宝石部分に指を伸ばした。

触れると、ひやっとした温度に固い感触がある。

他に何かを感じるわけではないけれど、伝説の品に触れたような高揚感が湧いてきた。

「うふふふふ」

「本当に、精霊の曰くがあるお品が好きなのですね」

笑いだすリディーに、アシナはもはや感心しているようだった。

「それにしても、壊れていなければ、見事な品だったでしょうに」

「初代当主の奥方の姿絵で、元の様子がわかりますよ。精霊から祝福を授けられたティアラだったそうで。領地への祝福をいただいた時に、証《あかし》として渡されたという記録がございます」

なるほど。領地の安泰を祈る祝福だったのか。

だから壊れた後も大事に保存してあるのだろう。

じっと見つめていると、大きなシトリンの陰から何かがふわっと飛んで行った気がした。

……虫？

「なんか、ここ、虫がいないかしら？」

さっきから、虫みたいなのが視界にちらつくとは思っていた。

大きなホコリが舞っているような動きにも思えるけれど、動きが素早いし変則的だから、たぶん虫で間違いないと思うのだ。

それも一度だけではなく、二度、三度と見えて、どこかに虫が入る隙があるのではないかとリディーは疑う。

「虫ですか？」

アシナには見えなかったようだ。

「そうなのだけれど……。いいわ」

せっかく良い気分に水を差されたものの、リディーはもう一度宝石とそれがはめ込まれている冠の一部を丹念に見ていく。

何か不可思議な紋章が見えたけれど、カーティス侯爵家のものとは違う。冠を作ったギルドなどの紋章だろうか？

精霊の祝福した品に囲まれているのは、まるでお城の古い宝物庫に入り込めたかのように嬉しいのだが、いつまでもここにいるわけにもいかない。

（精霊も現れなかったし、帰ろうかしら）

このままでは良い発見があるとは思えない。

「また、見に来てもいいかしら？」

精霊についてもう一度何か文献などで調べてから、ここの品を見たら、精霊について新しい発見があるかもしれない。

自分の持っている精霊について書いてあった本を引っ張り出し、もう一度読んでみよう。

明日出直そうと思い、リディーはアシナに再訪問について尋ねた。

「またご覧になりたい時には、お声をかけてくださいませ。侯爵様からこちらの鍵を預かってまいりますので」

「わかったわ。では明日また頼むと思うので、よろしくね」

「承知いたしました」

返事をしたアシナと共に、後ろ髪引かれる気持ちでリディーは所蔵品庫を出た。


しかし翌日。

リディーは所蔵品庫へ行きたいと言うのを、躊躇《ちゅうちょ》することになった。

朝起きた時に、思ったより遅い時間にアシナと手伝いのメイドがやってきたところで、おかしいと思ったのだ。

アシナも、手伝いの中年女性のメイドも、目の下にクマがある。

(もしかして、みなさん寝不足でしょうか?)

朝食の時間に会ったジェラルドも、ちょっとだけ見かけたサーシャも、なんだか目がしょぼしょぼしている。

「あの、もし休めるようでしたら、少しお休みになってはいかがでしょう?」

「そうだな。そうさせてもらおう」

ジェラルドも相当眠かったのか、リディーの提案にうなずくほどだった。

屋敷内の誰もがそんな状態なので、リディーは一人で大人《おとな》しくしていることにする。

そのうちにリディーの母が訪問してきたので、結婚式の準備の相談をした。

打ち合わせを終えて、母を見送りにエントランスへ来たところで、お茶会の招待状が届いていた。

送り主はブレア公爵令嬢の取り巻きだ。

お茶会の招待状なら、侯爵家であっても持って行っていいと考えたのだろう。

執事のゲランが受け取ってゴミ箱行きにしていた。

そんな執事のゲランも、顔色が精彩を欠いている。

しかも、いつもまっすぐな背筋《せすじ》が、ちょっと曲がっていた。

（一体何があったのかしら？　屋敷中の使用人が、夜中にパーティーでもしていたのでしょうか？　ジェラルド様やサーシャ様まで参加して？）

そんな気配は一切なかったので、ますます不思議だ。

リディーだけが何も知らない状態だが、それは仕方ないと思う。

（まだ、侯爵家に来て日が浅いですものね）

侯爵家の王都の屋敷のことも把握しきれていないのに、全てを相談してくれるわけもない。

だから、見なかったことにしたのだが……。


夜。

一度寝入ったはずのリディーは目を覚ましてしまった。

「なんで起きちゃったのかしら?」

そうつぶやいたとたんだった。

『そっち行った!』

『追いかけろ!』

『待ってくださいぃぃぃっ!』

バタバタという足音が廊下から響き、悲鳴みたいな声が聞こえた。

その後は、大声を出してしまったことに気づいたのか、壁越しの声は聞こえなくなった。

が、大人数で走り回っているのはわかる。

上の階だったり、下の階だったり、足音と、誰かがどこかにぶつかったり転んだりするような音までする。

「捕り物……?　お屋敷の中で、ですの?」

そんなことをする必要が、侯爵家の中で起きる理由が思いつかない。

ゴキ……的な虫だったとしても、こんな大騒ぎをするだろうか?

かといって侵入者がいて、鬼気迫っているような感じではない。

ものすごく焦っていそうだが。

「……みなさんの寝不足の理由ってこれかしら」

リディーは起き上がり、寝間着の上から薄手のガウンを羽織る。

走り回れる室内用の布靴を履くと、扉の外の音をうかがった。

部屋の近くには、今は人がいないようだ。

そっと廊下へ出ると、予想通り無人だった。

けれど廊下の燭台《しょくだい》の炎は灯《とも》っている。

一晩中灯し続けるのは不経済なので、貴族の家でさえそうそうやらない。灯し続けるのは、人が通ったり、廊下の様子がよく見えるようにするためだ。

――何かある。

リディーは確信をもって、騒ぎが続いている方へと向かった。

「皆さん、一体何を追いかけているのかしら」

今日だけなら、食事に使う鶏が逃げたのかもしれないが、昨日から連続で逃がすわけもない。

それにジェラルドやサーシャまで寝不足になるほど追いかけるわけがないのだ。

リディーはなるべく忍び足で先へ進む。

石造りの館なので、床は美しく磨かれた大理石だ。布靴だったおかげで、あまり足音は立たない。

騒ぎは今、階下で起きているようだ。

リディーは階段の上から下を覗く。

「そっち、そっち！」

なるべくひそめた声ながらも、指示する声がした。

バタバタと走って行く従僕達。

その前を走るのは……。

「ん？」

灰色っぽい色の、動物？

四つ足だけど、変だ。服を着ている気がするし、普通の猫のサイズではない。

八歳の子供のような、そんな大きさ。

（この世界に、あんな大きな猫っていたかしら？）

できうる限り、この世界の不思議なことや、前世との違いを調べてきたつもりのリディーだが、まだまだ知らないことは沢山ある。

だから猫じゃないという確信が持てない。

けれど、猫は服を着ないし……とリディーは困惑した。

「待て！」

今度は上の階から声がした。

リディは慌てて廊下の端にしゃがみ込む。

次の瞬間、少し先にある階段を、茶色の猫が駆け下りて行った。

（やっぱり大きさは見間違いではありませんでしたわ!?）

しかも可愛いリボン付きのナイトキャップに、ベビードレスのような寝間着を着ている。

それを追いかけるのは、必死の形相《ぎょうそう》をしたジェラルドだ。

無言の彼と一緒に、高齢の庭師が年を感じさせない走りで駆け下りて行く。

二人ともリディーには気づかない。

着ているガウンの色が茶色だったおかげか、それでどうにか闇に紛れたみたいだ。

茶色猫の向かう先には、網を持ったメイド達が待機している。

が、それをかわされ、取り逃がすかと思いきや。

「ええいっ！」

投げられた錘《おもり》付きの網が、横から茶色猫を包み込んだ。

ミャン！　と倒れる猫。

「やった！」

「捕まえたぞ！」

「これで寝られる！」

喜びの声と共に現れたのは、サーシャと従僕が三人。

「こっちもだ！」

一階の奥から、網でくるんだ二匹の大きな猫を抱えたメイド達が集まってくる。

みんなほくほくとした笑顔を浮かべていた。

ジェラルドも階下に下りながら、嬉しそうだ。

「皆、協力ありがとう。疲れただろう」

慣れた様子のジェラルドと、それを聞く使用人達の様子がリディーは気になる。

耳をそばだて、目をこらした。

「朝までの番以外は、部屋に閉じ込めた後で解散してよし。それに、しびれ薬を倍量使おう。朝食の担当は先に眠っているか？　よし、ならいいよ。他の者は、明日の十時頃まで休憩していてもらおうかな。ああその前に、誰か一人、外の様子を確認しておいてくれ。目撃されていたら困るから……」

ジェラルドの話に、メイド達はうなずく。

そうして網に捕らえた猫三匹を、従僕達が協力して担いできた。

三階へ行くのだろう。

リディーの目の前を再び通過していく。

それを最後まで見届けるつもりなのか、目をこすりながらサーシャがジェラルドの後をついていき……。

ふっと、サーシャがこちらを見た。

何か気配がしたのかもしれない。たまたまという可能性もある。

とにかく目が合った。

合ってしまった。

「………」

リディーは思考停止した。

なのに、無意識で手を振ってしまった。

隠れていることを、後ろ暗い行動だと思われたくないというか、敵意のないことを見せておいた方がいいのでは、なんて気持ちが表に出たのだと思う。

サーシャは立ち止まった。

ジェラルドと従僕達は気づかずに三階へ行ってしまう。

どこかの扉が開き、閉まるまでサーシャとの見つめ合いは続いた。

やがてサーシャが言う。

「……見たな？」

「はいですわ」

そう答えるより他ない。

ただサーシャの方も、どうしたらいいのかわからなかったらしい。

しばらく硬直してしまうサーシャのところへ、ジェラルド達が戻ってきた。

「サーシャ、もう母上は閉じ込めたから眠ってもいいが……。どうした？」

声をかけたジェラルドが、ようやく異常に気づいた。

サーシャは無言でリディーを指さす。

その指の動きを追ったジェラルドが、こちらを見た。

リディーとジェラルドの視線が合い、その後ろにいた従僕達が「あ……」と声を漏らす。

困った表情をしたものの、ジェラルドは冷静だった。

「思ったよりも早かったが……話をさせてくれませんか？　リディー嬢」

リディーはうなずき、ジェラルドとサーシャと一緒に、一階の応接室へ入ったのだった。


部屋の中に入ったのは、三人だけだ。

リディーは中央のソファーに座ろうとして、ふと思いつき、端に置かれていた水差しからカップに水を注いでジェラルドとサーシャに渡す。

「すまない」

「ありがとう」

走り回っていた二人は、喉が渇いていたのだろう。すぐに水を飲みほした。

自分も一気に水を飲んだリディーは、並んでいる二人の向かい側に座った。

「ええと、お話というのは、先ほどの猫のことですわね？」

今夜目撃したのは、猫の捕り物だ。たぶんあの猫に問題があるはず。

ジェラルドが重々しくうなずいた。

「はい、そうです」

「あの猫は一体どこから？　というか、あれは『猫』なのですか？」

リディーの問いに、ジェラルドは答えにくそうな表情になった。

するとサーシャが苦虫を噛《か》み潰したような顔をして言う。

「言うつもりだったんだろ、ジェラルドさん。全部吐いちゃいなよ」

サーシャはジェラルドと二人の時は、ジェラルドさんと呼んでいたようだ。気安い様子に、二人の関係性がうかがえる。

サーシャにうながされ、ジェラルドは話す決心をしたようだ。

「まず、いずれはあなたにも話そうと思っていたということを、どうかご理解ください。話せると思ったからこそ、契約結婚というとんでもない話をあなたに持ち掛けたのです」

リディーはちょっと緊張する。

契約結婚にちょうどいい相手だったから、話を持ち掛けただけじゃなかったのか。

(他の秘密を、私に明かしてもいいと思ったからというのは……なぜかしら？)

不安に思いつつ、リディーは耳を傾ける。

「実は……」

「実は？」

ジェラルドが唾を飲み込み、告げた。

「母上は呪われているのです」

「…………ん？」

呪われている。

母が。

その言葉が、先ほどの猫の捕り物と混ぜ合わさり、リディーはピンときた。

「まさか、呪いでロアンナ様が猫になったとか……」

「その通りです」

肯定されて、初めてリディーは明かされた秘密の重さに気づいた。

人が、動物になる。それはかなり大変な呪いではないだろうか？

（この世界って、姿を変える魔術ってなかった気がするんですけれど？）

炎を発生させたり、風を起こしたりという魔術なら存在している。

たぶん、前世で分子や原子とかいった物を左右する要素として、この世界には魔力があり、呪文などを使って魔力を動かすことで、炎を発生させられたりするのだ。

だけど、生き物の姿をそのまま変えてしまうという魔術は、どの文献でも見たことがない。

光らせるとか、隠すのならできることを知っている。

無生物の炭を、ダイヤモンドに変えるのに成功した魔術師もいるらしい。

だけど、植物をトカゲには変えられないのだ。

「そんな、魔術法則を無視できるなんて……」

つぶやいたところで、ジェラルドが微笑む。

「あなたならそんな風に言ってくださると、思っていました」

「はい？」

リディーが困惑していると、ジェラルドが説明してくれる。

「普通の女性なら、呪われたと聞いた瞬間に、嫌悪感を丸出しにして逃げようとするでしょう。自分も呪われると怯《おび》えて。……そうなったら、あちこちに母のことを触れ回るうえに、嘘をついて話を大きくすることだって予想できます。あなたはそうせず、きっと理性的に話を聞いてくださると思っていたんです」

（それで、魔物大好き令嬢と言われていた私に、白羽の矢を立てたのですね）

得体の知れないものを怖がることは、誰にも止められない。

生理的に無理、という感覚を持たれてしまったら、どんな理性的な説得も効果がないのが人というものだ。

だから怖がらずに、話を聞いてくれる人を選んだということか。

ジェラルドが自分を選んだ理由は納得した。

ならば、どんどん聞いていこうとリディーは思った。

「それで、どんな呪いなんですの？　原因を伺いたいですわ」

前のめりになるリディーに、サーシャが少し驚いている。

九年前にちょっと関わっただけなので、サーシャはリディーの本性を知らなかったせいだろう。魔物や魔術に目がないと知ってびっくりしたに違いない。

ジェラルドの方は苦笑していた。学院でのリディーを知っているゆえの反応だ。

「まず、呪いは……精霊が原因です。そして大元の原因は、僕の実父なのです」

ジェラルドの父は放蕩癖があった。

本人の自由人な気質と、祖父母が大事に育てすぎたせいもあって、心の赴くままにあちこち放浪したり、好きなことばかりして生きている人だったらしい。

時には浮気までしていたのだとか。

そんな中、カーティス侯爵家を仕切っていたのは妻ロアンナだ。

侯爵家の財政を管理し、領地の運営も行って、ジェラルドを育ててきた。

しかしジェラルドの父は、完璧なロアンナに劣等感を抱いていたらしい。

そもそも勉強が苦手、細かい数字も見たくないし、こつこつと何かをすることが嫌いだったのに、優秀な人をうらやむという始末の悪い性質を持っていたようだ。

ある日、ジェラルドの父は不治の病にかかってしまった。

絶望したジェラルドの父は、あろうことか、生きているうちにロアンナを困らせてやろうと、家宝だった精霊の冠を壊してしまったのだ。

結果、屋敷にいる者達が……冠に宿る精霊の怒りに触れた。

「え、冠って。まさか所蔵品庫にあった壊れた冠ですか？」

ジェラルドがうなずく。

「そうです」

壊れてしまってもったいないと思っていたが、それをしたのがジェラルドの父だったのか。

「そして母は、私を庇《かば》って精霊の呪いにかかってしまったんです」

あれは、ちょうどジェラルド達が出かけようとしていた時だった。

エントランスの中で見送ろうとしていたメイド長が、急に苦しみ始めた。

驚いていると、メイド長の側に精霊のような白い影が無数に現れ、瞬《またた》く間に猫の姿に変わっていったのだ。

「猫と言うか、魔物だよな、あれ。ケットシーって言うんだろ？」

横からのサーシャの説明で、リディーは猫の巨大さに納得がいく。

服を着ていたのも大きすぎることも、魔物だったからか。

「そうだな。母上も、魔物だろうと言っておられた。母上のご出身は、王家傍系の公爵家だ。

魔術や精霊などについて詳しいようでしたから」

(なんですって！　ロアンナ様は魔術に詳しいんですの!?)

リディーは心の中で決意する。

必ずやロアンナと仲良くなって、そちら方面の話を聞き出そう、と。

それはそれとして、魔物になるという話の続きに耳を傾ける。

「僕と母上は逃げ出そうとしました。しかし精霊の白い影が、僕の方にも襲い掛かってきて……。その時、母上が僕を庇ったのです」

ジェラルドの表情が曇る。

その時のロアンナは、身を挺《てい》して精霊を自分にひきつけようとした。

それでもジェラルドに、精霊の影がまとわりつく。

ロアンナのことは無視して。

「その時とっさに、母上はいつも身に着けていたペンダントを握って祈ったそうです。それは、実家から持ってきていた精霊の祝福を受けた品だったとか」

我が子に向けられた怒りを、自分が引き受ける。

そう祈ったロアンナの願いが届いたのか、精霊はロアンナの方に集まり……。

瞬く間に、ロアンナの姿は巨大な猫の魔物、ケットシーになってしまったのだ。

「その後確認したところ、屋敷の敷地内にいたカーティス侯爵家の血族がもう一人、魔物になってしまったことが判明した」

「代々カーティス家に仕えている家の執事のゲランだよ。メイド長のフィースと、ロアンナ様と全部で三人だ」

サーシャがジェラルドの話を補足する。

（代々カーティス家と関係がある方々なら、分家の方と結婚することもある。それでカーティス侯爵家の人間だと判定された、ということかしら？）

血の濃さで精霊が呪う先を判別したのだろう、とリディーは想像した。

ジェラルドは、ロアンナが代わりとなったのでたまたま逃れられたのだ。

「そういえば、先代のカーティス侯爵様はどうなったのでしょう？」

精霊の冠を壊したことで、精霊が怒って親族が猫になるくらいだ。

本人はより強力に呪われたに違いない。

「本人は精霊の怒りに直接触れたせいか、一週間ほど、どんな薬でも治まらない謎の熱を出し、元々の病気が悪化して亡くなりました」

「あ……」

ただでさえ病にかかっていたから、精霊の呪いに体が耐えきれなかったのだろう。

でも本人以外は猫に姿が変わるだけで済んだのは、優しい対応なのかもしれない。

「あら？　そういえば、姿が変わったままにはならなかったのですね？」

リディーの疑問に、ジェラルドがうなずく。

「はい。姿が変わるのは、新月と満月の前後数日を含めた夜だけです。朝には姿が戻るのですが……それでも問題がありまして」

隣のサーシャも力なくうなずく。

「なにせ侯爵位を継いだのが、僕のような若造でしたから。言いくるめて結婚し、我が家を乗っ取ろうという人間が後を絶ちません。最初の一年は喪に服すため、と言って乗り切り、その後は外交に参加して不在にすることでかわしました。でも去年からは、むしろ外交で人脈ができただろうと、集まってくる人がより多くなってきまして」

侯爵として、領地などを放り出しておくわけにもいかないのだろう。

「かといって、領地の屋敷に母を移動させるのも難しいのです」

「夜だけ姿をお隠しになるのでは、だめなのですか?」

猫の姿さえ見られなければ……と思った。でもジェラルドが首を横に振る。

「姿は猫とはいえ、本質は魔物です。むやみに人を攻撃したりはしませんが、姿が変わったとたんにあの大きさで暴れますので……」

「ああ……」

うなずくしかない。

子供が全力で暴れる。しかも猫のようにジャンプし、身軽にあちこち動き回られたら……止めるのは容易ではないだろう。

たぶんぶつかられたら、リディーなど遠くへ吹っ飛んでしまうかもしれない。

今日も事前に閉じ込めたらしいが、体力まかせに脱走し、捕まえるために右往左往したのだとジェラルドが説明してくれた。

　リディーは少し考えて言った。

「眠り薬などはお試しになりました？」

「ダメでした。魔物の姿になると、しびれ薬がわずかに効果があるぐらいで」

　たぶん、ありとあらゆる薬は試し済みなのだろう。ジェラルドの表情がますます曇る。

「でもやりすごすだけでは、済まない状況が発生しまして。去年あたりから侯爵夫人の座を狙って、夜に侵入者が……」

「ああああああ」

　リディーは想像して顔を手で覆った。

　ここで、結婚したくてたまらないご令嬢達が大きな問題になるのか。

　彼女達が侵入してきてロアンナの姿を見たら、一発で終わりだ。

「だから契約結婚……。しかも魔物について理解のある人間が必要だったのですね」

「はい」

　うなずいたジェラルドが、苦笑いする。

「この件で困り始めた時、実はリディー嬢のことを思い出しまして。けれど、ご商売を始めていて、結婚されるおつもりはないと伝え聞いていたので、お声がけしませんでした。けれど先日は婚活をされている様子でしたので、これは渡りに舟だと思って、話を持ち掛けたのです」

なるほど。

あのお見合いをしたパーティーでのことは、本当に偶然だったらしい。

一方で、助けを求める相手として、以前から候補に挙がっていたことに、ちょっと心が浮き立つ。

(私を、魔物の知識がある人間として認めてくださっていたのね)

こんなに嬉しいことはない。

なんだかジェラルドが、ますますきらきらしく見えてくる。

(ただでさえイケメン顔だというのに。これでは真正面から見るのが難しくなりそうですわ)

そんなリディーの内心の変化などジェラルドは知らず、ため息をついている。

母親達の呪われた姿を隠すために奔走して、疲弊しているからだろう。

「それで侵入する令嬢を避けるため、サーシャ様をご養子になさったのですね?」

「侵入者以外にも、養子をと望んだ理由があります」

ジェラルドが説明してくれる。

「この呪いは、カーティス侯爵家の血族にだけ現れました。今現在は、母上が身代わりになってくださっていますが、次代に引き継がれるかどうかもわかりません。だから僕は、カーティス侯爵家の血が薄いサーシャを養子に迎えて継がせることにしたのです」

「そういうことでしたのね」

呪いの引継ぎという問題があれば、なおさら養子に継がせる話に深くうなずける。

「私が結婚相手として選ばれた理由がわかって、とてもスッキリしましたわ」

リディーはまだ少しだけ、疑っていたのだ。

あのどさくさ婚約拒否事件があったから、勢いでジェラルドが自分を選んだのではないか、と。

でも知識を見込んでくれたとわかったからこそ、自信をもって契約上の侯爵夫人になれると感じた。

「ご理解いただけて嬉しいです」

ジェラルドの言葉に、リディーはにっこりと微笑んだ。

「よければ、精霊の呪いについても研究させてくださいまし」

ジェラルドの表情がゆるむ。

「感謝いたします、リディー嬢」

さて精霊の呪いについて調べるにあたり、リディーはロアンナ達の状態を改めて確認することにした。

魔物に変化するにしても、実際に変化の様子を観察しておきたい。

そこに何かのヒントがあるかもしれないからだ。

しかし今現在は、魔物の本能に突き動かされて行動する状態だと言う。

「とにかく、あちこち走り回ったり、じゃれあってみたり、高い所へ登ろうとしたり……。かといって止めようとすると、攻撃してくるのです」

「実に魔物らしいですね！」

生の魔物を見たことがなかったリディーは、その言葉に興奮する。

本当はわくわくしてはいけないのかもしれない。

でも、魔物の攻撃というと、つい（攻撃力はいくらぐらいかしら？）とか（魔物の猫ってどうやって攻撃するのでしょう？）と考えてしまう。

「でもほぼ猫だよな。ケットシーっていうのは、特別力が強いわけじゃないらしい」

サーシャの注釈で、ほぅ、とリディーは感心する。

「魔物にお詳しいのですね、サーシャ様」

なにせあちこちの魔物の本を読んだ自分でも、猫型の魔物がいるのは知っていても、特徴はわからない。

ケットシーという名前はどこかで聞いたような……という有様だ。

褒めたのに、サーシャは落ち着かない様子で視線をそらした。

「いや、毎回見てるから」

ロアンナ達の変化した様子を、毎回見て分析した結果ということだろうか。

「それでも本気を出すと、鋭い爪で引き裂かれる場合もあります。なので彼らを捕らえる時には、網でからめとって安全に捕まえ、荒らしても大丈夫な部屋に閉じ込めているのです」

ジェラルドが続きを説明してくれる。

「それなら、人の姿に戻るところは拝見できますか？　もしかしたらその瞬間に、精霊の影響がどう出ているのか見られるかもしれませんし」

魔術がかかる時、解かれる時、その魔術の特性が現れやすい。

そこを観察できれば、精霊の呪いを解く手がかりになるのではないかとリディーは考えたのだ。

「おい、危ないぞ。相手は弱くても魔物だ」

サーシャが止めてくる。

リディーは九年前のまま、逃げる方法すら持たない女の子だと思っているのだろう。

リディーは安心させるように微笑む。

「大丈夫です。私、少しは鍛えたんですのよ？」

危険な目に遭ったのに、何も対策しないわけがない。

家に帰った後、使用人の男性であってもおびえてしまう自分が嫌で、怖がらなくていい方法を考えた。

結果、腕力も体力もつけたし、少しだけ剣も習ったのだ。

騎士に勝てるとか、大会で優勝できるほどの技量はない。

でも、知っているだけで逃げ方は段違いに変わる。

そんな風に対策をした結果に裏打ちされての言葉だったのだけど、サーシャは信用しきれないと言いたげな顔をしていた。

「サーシャ。リディー嬢がこう言うのだから、考えがあってのことだろう」

むしろその言葉にリディーは目を見開いた。

(すんなりと信用なさってよろしいんですの?)

そんな気持ちが表情に出ていたのか、ジェラルドはリディーに言う。

「あなたの冷静な判断を今まで見てきましたので。興味のために、なにもかも忘れて危ない橋を渡ったりはなさらないでしょう?」

「ええ、まぁ」

商売上では、清水《きよみず》の舞台から飛び降りるようなことはした。

それすらも前世の事例と引き比べて検討した結果だったから、全くの思いつきや、勘だけで走ったことはない。

「だから、信用しています。それでは夜明け前に、三階の部屋へご案内します。それまではお休みください」

ジェラルドに言われ、リディーは一度部屋に戻った。

「そんなに信用していただいていたのね……」

ジェラルドの信頼は、リディーが想像している以上のものだったようだ。

ちょっと心が温かくなる気がする。

その後は急いでベッドの中に潜り込んだ。

新しい事象や、カーティス侯爵家の秘密を知って神経が興奮していて、眠れないかと思いきや、疲れてはいたようだ。

すっと眠りの底に落ちた。

その後、アシナによって夜明け前に起こしてもらう。

「奥様、お時間でございます」

「ありがとう、アシナ」

礼を言って起き、身動きしやすいドレスに着替える。

相手は魔物に変化しているわけで、人に戻る前にひと悶着《もんちゃく》起きる可能性もある。そうなったらリディーも、もう一度ロアンナ達を捕まえる協力をするつもりだった。

(そうはならない方がいいのだけど)

なにせほんの少しだけ垣間見ただけだったが、ロアンナ達の動きは素早かった。

普通の猫と違って、爪で引き裂かれる可能性もある。

準備したリディーが部屋から出ると、ジェラルドが待っていた。

「ご案内します、リディー嬢」
うやうやしく言うジェラルドに先導されて、三階へ。
問題の部屋は端に近い場所だった。
近づくと、ドタンバタンと騒々しい音が聞こえてくる。
まだ猫の運動会は続いているらしい。
（そういえば、猫は夜行性でしたわね。異世界の魔物でも、それは同じなのかしら？）
世界が違っても、変わらない法則というものはあるのかもしれない。
なんて考えているうちに、部屋の前へ到着。
そこには網を構えた従僕が二人待機していた。
彼らの手伝いができるような位置にいるのはサーシャだ。
「夜明けの光が差せば、瞬く間に姿が戻ります。その直前に突入しましょう」
うなずき、全員が廊下の先の掃き出し窓に目をやる。
その方向は東。
すでに空は青さを取り戻し始めていた。
やがて少しずつ、明るさが増していき……。
「今だ！」
サーシャの声に、全員が部屋の中に突入した。

網を構えた従僕の後ろに立ったリディーは、中でお互いに蹴り合いながら走り回る大型猫の魔物三匹に再会する。

ふわふわの猫三匹は、人が入ってきた瞬間は、手の爪を伸ばそうとした。

が、網を見て警戒し、リディー達から距離をとる。

その間に、網を遠回りして窓へ駆け寄ったジェラルドが、カーテンを開いた。

差し込む朝の光。

すると魔物三匹の体の周囲に、手のひらほどの白い影がいくつもふわりと浮かび上がる。

ふんわりとした輪郭のドレスを着た、蜻蛉《かげろう》のような羽を持つ小さな女の子の姿だ。

「精霊……」

精霊が魔物達に触れると、今度は黒い精霊の影が現れ、白と黒の沢山の精霊が手を取り合ってくるくると回り出した。

まるで輪舞《ロンド》のような動きに、リディーは両手を握り締めて感動する。

「すごい！　精霊がいっぱいですわっ……！　おおおファンタジー!!」

ファンタジーが目の前にいる！

鼻息が荒くなったリディーだったが、うかつに近づいたりはしない。

まだ姿が元に戻っていないので、魔物のままだから。

やがて白い精霊の影が、魔物達の体に吸い込まれるように消え、黒い精霊達の姿は光に溶け

る。

　すると、魔物三匹からぶわっと煙が噴き出した。

　瞬く間にその姿が覆われていく。

　びっくりしているうちに煙は消え、ぐったりと横たわった三人の姿が残った。

　ロアンナは寝間着にナイトキャップを身に着け、執事もパジャマ姿だ。もう一人のメイド長は、簡素なエプロンドレスを着ていた。

　魔物の姿になっても、服がそのままサイズだけ微妙に変化していたのだろう。

（素っ裸ではなくて良かったですわ。精霊の力のおかげでしょうか）

　考えてみれば、暴れる猫に服を着せられるわけもないし、あれだけ暴れっぱなしの魔物の状態で、服をまず着てから……なんて理性的な行動をするわけもなかったのだ。

　魔術が存在する世界だからこそ、こんな利点があるのだろう。

　不思議ではあるけど、おかげで彼らの名誉が守られるなら問題なしだとリディーは思う。

　アシナは倒れているロアンナに駆け寄り、網を部屋の隅に置いた従僕達も、ゲランやメイド長を担いでいる。

「母上、大丈夫ですか？」

「ロアンナ様、起きられそうなのか？」

　ジェラルドもサーシャも、思い思いの言葉をかけていた。

ロアンナはジェラルドに抱え起こされ、目を開く。

「ああ、朝が来たのね。本当に、毎日毎日、これから筋肉痛になると思うと嫌になるわ……ね？」

最後、言葉尻が跳ね上がる。

リディーと目が合ったからだ。

「え、えええ、えええええ」

ロアンナの口から「え」しか出なくなった。相当驚いているようだ。

「あら？　ジェラルド様、ロアンナ様にはこのことお話ししていませんでしたの？」

すっかりカーティス侯爵家の人々は承知の上だと思っていたので、リディーはびっくりする。

「話してはありましたが、まさか今日だとは思わなかったのです。侯爵家での生活に慣れてからと思っていましたし、実は変化がいつもより一日早かったもので」

「あ、そういうことでしたのね」

みんながみんな、不意を突かれたのか。

納得していると、「えええええええ」と言い続けていたロアンナが、会話内容とリディーの落ち着きはらった様子から、色々と察したようだ。

「あの、驚かないでくださってありがとう、リディーシア様」

ロアンナに言われて、リディーは微笑む。

「お気になさらないでください。私も利益があって、このお話を受けたのです。お互い様ですのよ。それよりお身体《からだ》は問題ございませんか？」

さっき、筋肉痛と言っていたような。

魔物の姿になっていても、本来の肉体にもそれなりに影響が出るということではないだろうか。

ロアンナは視線をさまよわせてから、うなずいた。

「ええ。いつも通りみたいだわ。たぶん今日も、筋肉痛がくるぐらいで済むとは思うの」

「それで済んで良かったですわ」

ふと横を見ると、ゲランとメイド長はすでに従僕に抱えられて退出していた。

「それで、何かわかったのか？」

横からサーシャに言われたリディーは、うなずく。

「少し気になる部分がありました」

ロアンナ達の姿が変化する最中のあの光景を思い出す。

精霊が直接関わっているのなら、魔物や魔術について調べるより、精霊自身について調査した方がいいだろう。

「呪いの研究のために、精霊についての蔵書がありましたら拝見したいのですが？」

カーティス侯爵家ならば、様々な精霊に関する本があるはず。

リディーがお願いしてみたところ、ジェラルドの方からも頼まれた。

「ぜひ。リディー嬢の目からも精霊の呪いを解く方法を探していただきたいと思っておりました。手がかりすらない状態なのです」

そうしてリディーは、カーティス侯爵家の蔵書を見せてもらえるようになったのだった。

※※※

さて侯爵家の当主と次期当主の依頼を正式に受け、調査を……と言いたいが、全員が夜中に起き、しかも短い睡眠だけでまた早朝に活動していたのだ。

ひとまず解散し、まずは休むことにした。

リディーはいつもより遅い時間に改めて起床した後、朝食にする。

食堂へ行くと、ジェラルドとサーシャは似た時間に起きたのか食堂にいた。

ロアンナはいなかったが、その理由は今ならわかる。

(きっと昼までぐっすり眠っていらっしゃるのでしょう)

なにせ夜中いっぱい動き回り続けていたのだ。

昼食にも現れないのは、体力的に辛いので部屋食にしたくなるのだろう。

夕食については、いつ魔物化するのだろうと心そぞろで落ち着かず、みんなと同じ食卓を囲む気持ちになれないのだと思う。

（いつか、ロアンナ様も気兼ねなく一緒にお食事ができるようになるといいですわね）

そんなことを考えつつ食事をしていると、サーシャが話しかけてきた。

「リディー、今朝は驚いただろ」

ぼそっと言われた。

（あら、私を避けるのはもうおやめになったのね？）

衝撃で一瞬反応が遅れたものの、リディーはなんとか笑顔で返事をした。

「驚きましたわ。でも、魔物と会ってみたいとは思っていましたから」

「げ、魔物と会いたいと思ってたのか？」

「サーシャ。できれば言葉遣いを気をつけてもらいたいのですが」

「……さーせん」

「あと、一応君の義母になるのだから、せめて様をつけてほしい」

「……リディー様。これでいいか？」

一応従ったことでよしとしたのだろう、ジェラルドは苦い表情ながらもうなずいた。

極秘事項も共有し、侯爵家の人間としてちゃんと協力もし合うし、信頼もしているようなのに、親子としてはちぐはぐな感じが面白いなとリディーは思う。

（お二人の年齢が近いからかしら？）

ジェラルドはまだ二十三歳だ。サーシャはアシナに聞いたところ、十七歳だという。

ちょっと年の離れた兄弟なら、よくある年齢差だ。

「私は問題ございませんわ。それで、ジェラルド様。朝食後にすぐ侯爵家の書庫を見せていただいても大丈夫でしょうか？」

「もちろんです」

そうして、食後はすぐに三人で書庫へ向かった。

食堂と同じ、一階にある書庫は、黒樫《くろかし》の扉からして重厚だ。

扉を開くと、思った以上に広い。

「吹き抜けになっているんですのね」

リディーは奥にある階段の先を見上げる。

カーティス侯爵家は、四隅に円形の塔がくっついている形をしているのだが、その部分の一つが書庫になっているらしい。

壁面にずらりと並ぶ飴《あめ》色の書架と、砂色の壁が、三階部分まで続いている。

(地震があったら大変なことになりそう……あ、大丈夫かもしれませんわ)

階段があって、二階三階は通路だけが見えるものの、その幅は広く。そして通路の欄干《らんかん》のさらに内側も、落下防止のためなのか、張り出した木の骨組みがある。

なにかがあって本が落下しても、ある程度は骨組み部分に引っかかってくれるだろう。

ここで本を探すのかと思いきや、ジェラルドは書庫の続き部屋の扉を開く。

「そちらは、資料庫のような場所ですか？」

「ええ。こちらに精霊に関する希少な書籍を収蔵しています」

手招きされて中に入る。

書庫より一回り小さい感じがしたものの、予想より広い。

中央には三メートルの布を広げられそうな木のテーブルや椅子が置かれていて、書架の配置もほぼ同じ。

精霊の祝福を受けたという言い伝えがある侯爵家。

だからこそ、精霊に関する蔵書が豊富にあるだろうと予想はしていたが。

「思った以上ですね……」

書架には沢山の冊子や、本が並べられている。

「魔術に関する本や、精霊に関する物だけではなく、当主の記録なども置いてあるせいでしょう」

「あら、魔術の本もございますの？　そちらも拝見してよろしいでしょうか？」

許可を求めると、ジェラルドは微笑む。

「もちろんです。あなたは侯爵夫人になるのですから、この書庫の全てをご覧になってかまわないのですよ」

「ありがとう存じますわ」

リディーはカーティス侯爵夫人の立場を、素晴らしいものではないだろうか、と改めて感じる。

(この秘蔵の資料が読み放題……パラダイスですわ)

眺めているだけでうっとりしそうだが、自分の手の甲をつねって正気を取り戻す。

「では、拝見させていただきますわ」

「それでは、僕は失礼します」

お行儀よく一礼したジェラルドは、書庫を去る。

そしてサーシャは残った。

「サーシャ様も調べものがあるのですか?」

尋ねると、びっくりする答えが返ってきた。

「俺も手伝う」

「え、でもサーシャ様にもやることがあるのでは。それに魔術関係などは、それ専門の言い回しや書き方があって読みにくい……」

「わかる」

リディーの心配を、サーシャが斬って捨てる。

「俺が魔術を使えるの、知ってるだろ」

「ええ……」

うなずきつつ、サーシャは怒っていなさそうだな、とリディーは彼の表情を観察していた。

昨日の様子から、九年前の求婚のことで怒り続けてはいなさそうだと思ったが、改めて不愉快に思うかもしれないと心配していたのだ。

それならば、会話の流れの中で弁明ができるだろうか？　とリディーは思う。

「あの、もしかしてご親族に魔術師がいらしたのですか？」

リディーが質問してみると、サーシャが照れたように横を向いた。

「違う。ただ俺はちょっとだけ魔法使いの素質があったみたいだ。それで一時、魔術師に預けられたことがある」

「だから魔術を使えたのですね。うらやましいですわ。私は結局魔術を使えなかったので」

リディーは出会った魔術師から魔術を見せてもらったことがある。

すると欲が湧いてきた。

——自分でも魔術を使ってみたい。

頼み込んで頼み込んで、そうして根負けした魔術師が教えてくれたのだが、全くと言っていいほど魔術は発動もしなかった。

するとサーシャがとんでもないことを言い出す。

「俺が守ってやるから、お前は使えなくてもいいだろ」

「えっ」

思わず聞き返してしまったリディーに、書架の方を見ながらサーシャが応じた。

「魔術を使いたいのは、身を守りたいからだろ。それなら、侯爵家にいる間は俺が守ってやればいい」

「あ……」

誘拐事件があったから、リディーが魔術を使いたがったと思ったのか。

「俺だってあの時のままじゃない。あれから訓練して、強い魔術も使えるようになったんだ」

「ええと。そうではなくて、ただ魔術が使えたら便利だなって思いまして……」

「………」

認識のずれに気づいたサーシャが無言になる。

斜め後ろから、サーシャの耳が真っ赤になっているのが見えた。

ここはそっとしておくべきだろう。

リディーは自分も書庫の中を見ていく。

「そういえば、こういう場所だと秘蔵の本は見つけにくい場所にありますわよね？」

想像したリディーは、二階部に上がり、階段から遠い場所の本を探る。

魔術の本が時々挟まっていて魅惑的だ。

でも今は、そちらを見ている暇はない。

「精霊、精霊……」

製本されてタイトルがあるものを見ていくが、たいていは精霊の伝説のようだ。

「これは、書付《かきつけ》をまとめた冊子を見た方が早いかしら」

そういうものの方が、カーティス侯爵家の秘密に関する話が書かれていそうだ。

確認の時間はかかるが、リディーはそちらから対処していくことにした。

すると、やはり思った通りのものに近い書付があるとわかった。

精霊との交流を記録した冊子は、初代以降の当主のものだろうか。

今日は会えた。

その三日後には、声が聞こえた。

だけど今日は姿も見えない。

という、地道な記録が続いている。

精霊が書いたという本からヒントを得て、精霊と会う確率を上げていた人らしい。

「精霊が書いた本があるんですの……？」

探してみることにする。

こちらは綺麗に製本されているだろうから、タイトルを確認しつつ、隣へ、上へと視線を移動させた。

途中、魔術師が特別な呪術で得た天啓を、意味もわからないまま記したという本を見つけた。

パラパラとめくってみる。

実は、この世界の魔術師の扱う言語は英語に似ている。

こちらの言語もたいてい英語っぽいのだが、英語に似ている単語が多いのだ。

初見で「ファイヤー」を読めてしまったことで、初めて魔術の本を見せてくれた魔術師の老婆がびっくり仰天していたなと、リディーは思い出し笑いしそうになる。

そんな感じで、英単語交じりの本に目を通していった。

「んー。ちょっと座って読みましょうか」

近くにある数冊の冊子と一緒に一階へ運び、いつの間にかテーブルの上に何冊も積み上げて、読んでいるサーシャの向かい側に座る。

サーシャも真面目《まじめ》に探しているようだ。

(それにしてもサーシャ様って不思議ね。かなり年齢が高くなってから養子に入ったのに、ロアンナ様のことをすごく心配しているみたいだし、カーティス侯爵家のために動こうとしているのですもの)

普通、他家で暮らすようになっても、すぐにこうはいかないだろう。

家風に染まった方が楽だから、率先して馴染《なじ》もうとして、新しい家族のためになることをする人もいるだろうけど、サーシャは少し違う。

(慣れがあるような気が……)

長年一緒に暮らして、お互い心を許し合ったような雰囲気がカーティス侯爵一家にはあった。

サーシャの言葉遣いからは、庶民に交じって暮らしていた分家のそのまた分家の子ぐらいの雰囲気を感じるので、近しい存在だったようには見えないのだが。

(ちぐはぐだから、なんか気になるのよね)

それに疑問がさらに膨らむ事象が、目の前にある。

サーシャが見ているのは、魔術に関する本だ。

そちらの方が詳しいから、サーシャは魔術の方から精霊についての記述を探しているのかもしれない。

(貴族の血縁で、魔術についても素質があったから勉強してて……だけど言葉がどうみても庶民……。どういう繋《つな》がりの子なのかしら)

なんにせよ、あの事件の後で無事に家族に保護されたのだろう。

具合が悪そうにしていたサーシャを見ていたので、無事だったことを知ってリディーは本当に嬉しかったのだ。

思い出して懐かしくなったリディーに対し、サーシャもあの時のことを思い出していたようだ。

「あれから……お前が無事に保護されたとは聞いていたが、元気にしていたのがわかって良かったよ」

ぽつりとこぼされた言葉に、リディーも同意する。

「私もですわ」

「ただ、あの時の約束を忘れ去っているとは思わなかったが」

ちくりと刺されて、リディーも良心の呵責《かしゃく》はあったものの、反論せざるを得ない。

「忘れたわけではないのです。ただ、子供の頃に一度だけ会った相手との口約束を、再会できないままずっと守り続けるのは難しいですわ。私にはサーシャ様の名前も、どこのどなたかもわかりませんでしたし。それでは両親にも話しようがございませんでした。そのうちに、子供の頃の懐かしい思い出の一つとなってしまったのです」

リディーは包み隠さず、率直に自分の気持ちを話した。嘘をついても仕方がないし、こじれてしまうだろうから。

「それはそうだが……」

サーシャはむっと唇を尖《とが》らせた。

でも肯定するということは、子供の頃の思い出となってもおかしくない、と納得してくれたようだ。

「俺は、捜そうとしたんだ。でも当時、意識がもうろうとしてきていて、『リ』がついている以上はお前の名前を覚えてなかった。それに俺が子供だったせいで捜せなかっただけだ」

名前もわからないとなれば、後から情報を集めようもなかったのだろう。

「あと、手掛かりもない相手をずっと思い続けてくださるとは思いませんでしたので……」

リディーは早々に諦めた。

求婚の話はさておき、逃がしてくれた恩を返したかったが、手掛かりが希薄だった。

そもそも父から、ちょっと複雑な事情であの人さらいのことは追及できなかったのだと言われていた。

そういう事象というのは、この世界ではけっこう多い。

やんごとない家の若様が、混乱の末とんでもない事件を起こしたけど、貴族なので平民は追及できないとか。

身分制度というのはそういうものだ。

前世を知っている分、リディーも理不尽に感じたりすることはあったけど、君子危うきに近寄らずということも理解していたので、忘れるようにしていた。

だから、サーシャの方も自分のことは小さな頃の思い出の一つにしただろうと考えていたのだ。

「でも俺が結婚の約束をしたのは、お前だけだ」

あまりにまっすぐな言葉に、リディーは心臓をわしづかみにされた心地がした。

サーシャはじっとリディーを見つめる。

だけどリディーは、これから彼の養父と結婚するのだ。

（その結婚を覆すほど、サーシャ様と大恋愛しているわけではないのですし……）

なのでやんわりと拒否することにした。

「他にもっといいご令嬢がいますわよ、サーシャ様。だって私、もうすぐ結婚しますのよ？　あなたの養父と」

「でも契約上のことだろう？　一年後には離婚する。俺とは、それからでいい」

冷静にサーシャは詰めてくる。

「それに侯爵家の秘密について知っている女性は、君の他にはいない。一から秘密を守れる貴族女性を探す方が大変だ。そういう意味でも君は理想的だと思っている」

「でも、継母が息子と結婚なんて……」

形式上のこととはいえ、さすがに噂《うわさ》されるだけでは済まない。

カーティス公爵家の縁戚筋からも、苦言という名の抗議が来るに違いない。

（それどころか、社交界で肩身が狭くなりますわ！）

「俺がなんとかする」

しかしサーシャは一歩も引く気がないらしい。

困り果てたところで、書庫の扉がノックされた。

「奥様、昼食のお時間でございます」

アシナだ。

「い、今行きますわ！」

リディーは話を打ち切る言い訳ができた！　とばかりに、数冊だけ本を抱えて書庫を飛び出したのだった。

けれど、さすがに求婚を受けた直後というのは、心が落ち着かない。

食堂には、あからさまに逃げ出したリディーと顔を合わせにくいのか、サーシャは来なかった。

でもジェラルドと二人というのも、なんだか後ろめたい。

(私は悪いことはしておりませんわ。でも、人妻になろうという自分が、まさかこんな時に異性から改めて求婚されるなんて思ってもなかったのですもの)

リディーはすりおろした玉ねぎのドレッシングがたっぷりかかったサラダを口にする。

咀嚼《そしゃく》しながら、ここ最近の状況の変化について考えてしまう。

しばらく前までは結婚に苦労していたのに、今や二人から求婚されているのだ。

(ジェラルド様の求婚は、お互いに利益があるから、ということしか考えていなかったのだけど)

サーシャの求婚はごく個人的なものだった。

だから……初めて、普通の求婚を受けたという感覚があった。

(私、モテたことがないから、どうお断りしたらいいのかわかりませんわ。というか、普通の求婚が貴重すぎて、断るのがもったいない気になってしまうんですのよね)

妙なところで貧乏性が出ている、そんな自覚があった。

だってもう二度と、こんなことはないだろうと思うから。

もったいなさすぎて、求婚を受けた状況を絵にして、額に入れて飾っておきたい。

たまにその絵を見て、思い出しながらニヤニヤする状況になると、リディーの心には優しい気がする。

だけど断ってしまったら、飾った求婚の図は自ら逃げ出していくだろう。

(もしジェラルド様が普通の求婚をしてくださっていたら、こんな風には思わなかったのでしょうけど。お互い事情があっての求婚だったのですもの、ないものねだりですわね)

そう考えつつ、同席していたジェラルドのことを見る。

いつも通り、彼の周囲だけ無風状態なのではという印象を受ける人だ。

強風でも倒れない、芯の強さがあるともいえるけど。

(この方は、私と離婚した後で誰かに普通の求婚をなさるのでしょうか)

全て事務的に処理しそうな彼からは、切ない表情をして女性の前にひざまずく様子が想像できない。

そんな光景を見たら、唖然《あぜん》とするだろうなと思ってしまうのだ。

女性達の熱視線を浴びても表情一つ変えなかったという昔の記憶のせいで、こんな印象を抱くのだろうか？

と、学院でジェラルドが告白されていた場面を思い出す。

もし今のリディーが、同じことになったとしても、たぶん嬉しいばかりではないだろう。

(自分だったとしたら……商売を乗っ取りに来たかもしれないと思ってしまいますものね。吟味して、安心できると確認するまで、愛想よくすることすらためらってしまうでしょう)

だって借金苦の時には、誰一人リディーには寄り付かなかった。

だからこそ、お金持ちになったとたんに寄ってくる人に警戒してしまう。

それに結婚相手になれば、商売に関わることもあるだろう。その時に、妙な手出しをされたくない。

(そういう意味でも、ジェラルド様はちょうどいい方だったわ)

リディーの商売に頼る必要のない人、だというのが最も良い点だ。実際、商売については何も要求されたことがない。

(頼まれていた虫よけも、お互い様なのが最も良いことですのよ。それに侯爵家に押しかける令嬢達を撃退する時には、上手く恋人らしくできないところを庇ってもらってしまいましたわ)

ただマウント合戦をするだけなら、今のリディーは誇れるものがあるので負けはしない。

でも侯爵家へ引っ越した日のことを思い出すと、恋愛感情的に敗北を感じてもらうには、ジェラルドの行動の方が正解だったと感じるのだ。

(付き合った経験がないから、そんな手を考えもしなかったわ)

後になってからは、恋愛漫画でそんな描写があったな、と思い出せた。

だけどとっさの行動となると、どうしてもリディー自身の経験値が足りなくて、発想が出てこない。

(ジェラルド様は、一体どこであんなことを覚えたのでしょう? 食事中も諸行無常《しょぎょうむじょう》、みたいなことを考えていそうな顔では、大恋愛をしたことがありそうにも見えないんですのよね。だけど恋愛小説なんて読みそうにも思えないですし。……お友達に、おモテになる方がいらっしゃったのかしら?)

見本がいたなら、その行動を真似《まね》られるだろう。

そんなことを考えていたら、ふっと顔を上げたジェラルドと視線が合う。

「僕の顔におかしなところがありましたか?」

「い、いえ。その」

なにげなく見ていただけ。だからどう言おうと思った末に、リディーは思い付きを口にした。

「その、パーティーのことを考えておりまして。ルーヴェル王国の使節団の……」

結婚の話をした時に、そこで婚約について公表すると決めていた。

日付はもう、明後日に迫っている。

「衣装なのですが、ジェラルド様は何色になさるのかと思いましたの。色合わせをした方が良いかと思いまして」

とっさにそう言ってリディーはごまかした。

でも実際、話し合わなければならないことではあった。普通のパーティーなら好きな色にしたらいいのだが、今回は違う。

ジェラルドとリディーの婚約を公《おおやけ》にするために行くのだから、仲が良いと思ってもらわなくてはならない。そのためには、お揃《そろ》いの物を身に着けた方がいい。

「僕は、黒の上着に黄色の勲章を肩からかけるつもりでした。ルーヴェル王国の使者を迎えるパーティーですから。正装でと思っているんですよ」

「では、私も何か黄色の物を着用した方が良いでしょうか」

花などで、同じ色どりにしたらいいのかもしれないと考えていたら、ジェラルドが微笑む。

「それなら、僕の方が君に合わせましょう。君なら、瞳《ひとみ》の色のような碧《みどり》のドレスがいいかもしれない。僕も同じ色の上着にしよう」

「あ、そ、そうかもしれませんわね」

お揃いの色にするなら、相手の髪や瞳の色を選ぶ人は多いし、その方が熱愛しているように思えるだろう。

でもジェラルドがリディーの色をまとうと聞くと、なんだかふわっと心が浮き立つ。

そんなリディーにジェラルドが続けた。

「君はドレスにマリーゴールドのような黄色の花を飾るととても似合うだろうな。似た色の宝石を使った飾りがないか、母上に聞いてみよう」

「あ、そこまでしていただくわけには……」

ロアンナから借りるということは、カーティス侯爵家の所蔵品だ。

宣伝に行くパーティーで使うのだから、目立つようにかなりの逸品を出してくるだろう。

まだ正式な結婚をしていないのに、ちょっと恐れ多い。

(絶対、とんでもないお値段の装飾品じゃなくって？　身に着けている方がハラハラしてしまいますわ！)

おろおろしていると、ジェラルドが立ち上がる。

食事を終えたからだと思ったが、リディーの側に来て銀の髪に指で触れた。

「遠慮しないでください。……きっと似合いますし、その姿を見てみたいと思います」

「え、あ……」

戸惑いを見透かしたような言葉。

それ以上に、なんだか口説《くど》かれているような気分になる仕草と優しい表情に、リディーは息ができなくなる。

(何これ、窒息しそう……)

「よろしいですね？」

呼吸困難になりそうなリディーがうなずくと、ジェラルドは満足した表情で食堂を出て行く。

残されたリディーは、彼が退出してからようやく息を吸って、盛大なため息をついた。

「この一年間のうちに、私、窒息で何回か倒れるんじゃやないでしょうか」

あの見た目で、あんなことをされるのは心臓にも悪い。

「ウォーキングでもしたら、少し心肺が鍛えられるかしら？」

侯爵邸を二周か三周したら、いい運動になるかもしれない、なんて考えていたら急に食堂の扉が開いた。

「うぉっ！」

驚いたリディーに、顔を出したジェラルドが謝る。

「すみません。こんなにびっくりされるとは思わず……」

「いいえ。ちょっと考え事をしていただけで。お忘れ物ですか？」

するとジェラルドは、食堂に入って手に持っていた文書を渡してきた。

薄青色のしっかりとした紙は、丸めていたというのに開くとピンとまっすぐになる。かなり厚手の高級紙のようだ。

「これは……」

「リディー嬢にお渡しいたします。結婚の許可証ですので」

そういえば、王家への結婚の申請を任せていたのだ。

リディーは受け取った文書をしげしげと眺めた。

そうしていると、結婚するんだという実感がふつふつと湧いてくる。

「ありがとうございます」

お礼を言うと、ジェラルドが「いえいえ」と首を横に振る。

「早々に書類をお渡しできて良かったです。あと……」

ふいにジェラルドがリディーの耳元に顔を寄せる。

思わず肩が縮こまるリディーだったが、次の瞬間、表情まで凍り付く。

「結婚前から、他の男と離婚のお話をされるのは、お控えいただきたいですね。もしかしたら、僕とそのまま結婚が続くかもしれないのですから」

(サーシャ様との話を聞いてたんですの!? というか、続くって何がですの!?)

頭の中でその言葉がぐるぐるになるリディーを置いて、改めてジェラルドが立ち去った。

# その頃彼は　三

ジェラルドは、様子を見に行ったつもりだった。

長く調べ物をするのは大変だから、途中で切り上げた方がいいと言うために、リディーのいる書庫へ行ったのだが。

「俺は、捜そうとしたんだ」

リディーとサーシャの会話が聞こえた。

一体何の話をしているのかと思ったが、次の言葉でジェラルドにも内容がわかった。

「手掛かりもない相手をずっと思い続けてくださるとは思いませんでしたので……」

サーシャが手掛かりのない相手を捜しているというと、たった一人しかいない。

幼い時に、サーシャと一緒に奴隷商人に捕まった少女のことだ。

養子になる時に、捜してほしいと言われていた。

当時混乱していたため、捜しきれなかったのだ。

名前もわからず。

しかも救出された子の中に、サーシャの捜し人はいなかったらしい。

もっと問題を複雑にしたのは、その子が短い間しかその場にいなかったらしく、誰もその子のことをはっきり覚えていなかったことだ。

救助を呼んだのは、その子を捜していた父らしいのだが、混乱の中で近くの町の住人だと誤解されていたので身元がよくわからないまま。

その子は父と一緒に帰ってしまって、行方がわからなくなっていた。

名前もわからないのでは……と思いつつ、ジェラルドは発見された場所の近くで聞き込みをさせていた。

当時、山に出入りしていた人間を探して、そこから親子を見つけるつもりだった。

(見つかったのは良かったが、それが、リディー嬢だった?)

とんでもないめぐりあわせに、ジェラルド自身も驚く。

しかし問題だ。

(サーシャは、その女の子と結婚すると言っていなかったか!?)

ジェラルドが焦《あせ》りを抱えながら耳を澄ませていると、リディーが肝心の話をしてくれる。

「他にもっといいご令嬢がいますわよ、サーシャ様。だって私、もうすぐ結婚しますのよ？あなたの養父と」

「でも契約上のことだろう？　一年後には離婚する。俺とは、それからでいい」

サーシャのゆるぎない決意が込められた言葉に、ジェラルドは血の気が引いた。

（……そんなこと、許せるわけがない）

そんなこと、許せるわけがない。

ぎゅっと手を握り締める。

とはいえジェラルドがここで出て行くのがいいのかどうか。

リディーが断ってくれているみたいだし……。

そこまで考えたところで、ジェラルドは少し顔が赤くなりそうなことを自覚する。

（離婚後に、と求婚されているのに、断ってくれているんだ）

今はジェラルドとしか結婚する気はないのだと思ってくれているのがわかるので、少し嬉《うれ》しい。

しかしサーシャは諦めない。

「それに侯爵家の秘密について知っている女性は、君の他にはいない」

侯爵家の事情を含めた恋愛感情以外の理由で押されると、リディーは弱いようだ。

語尾が揺れている。

（これはマズイ）

ジェラルドは、隣の部屋に一度身を隠す。

間もなく話を打ち切るためか、リディーが書庫から出て行ったようだ。

（…………）

ジェラルドは少し考えた末に、書庫へ入る。

「サーシャ」

声をかけると、本に視線を落としていたサーシャは、しれっと答える。

「求婚したことは、謝らないよ、ジェラルドさん」

どうやら、ジェラルドが立ち聞きしていたことを察したようだ。

リディーが出て行ってすぐに踏み込んだからだろう。

それなら話が早い、とジェラルドも言う。

「だからといって、離婚を推奨されるのは困りますよ、サーシャ。一年だけという方便で、ようやく結婚してもらえることになったのですから」

サーシャが顔を上げる。

意外そうな表情をしているので、むしろジェラルドの方がびっくりした。

「……ジェラルドさんは、本気で結婚してもらいたいのか？」

「もちろんです。だけど急なことだったから……僕と本当に合わないと思った時、逃げ道が全くないのも可哀想《かわいそう》でしょう？」

だから一年だけという条件をつけた。

ジェラルド自身も努力はするけれど、彼女に本心から自分を選んでもらいたいからこその条件だった。

「僕は彼女を不幸にはしたくないんです」

上手《うま》く言いくるめることはできるだろう。

彼女が困っていることは確かだから、そこを突くとか。こちらが困っていることをネタに、同情を引くこともできた。

でもそれでは、リディーは時々自分の判断を疑うことになる。

本当にこれで良かったのか、と。

自分以外でも良かったのではないか、とは、思っていたようだから、いつかその不安からジェラルドの側《そば》を離れたくなってしまうかもしれない。

ただ、そんな気持ちになってからジェラルドとたもとを分かつことを決意したとして……。

彼女が次の幸せを見つけられる年齢だったらいいが、そうではなかった場合は？

（僕は彼女が諦めを抱えたまま生きて行くのを、側で見続ける勇気がない）

ジェラルドの気持ちを聞いたサーシャの方は、ふと表情を改める。

「それでも、俺だってリディーを諦めたくはないよ。俺を騙《だま》す奴、付け入ろうとする奴は男女かかわらず沢山《たくさん》いた。リディーのような人はそういないから」

ジェラルドはむむっと思う。

（サーシャはリディー嬢の価値をわかっている……！）

世の中には、友情や愛情から大切にしてくれる人はいる。

でも、それ以外の者には誠実ではない人も多い。

知り合い以外には無情で、罪悪感もなく平気で裏切ることができてしまう人がいるのだ。

リディーのように家族以外にも誠実な人は、それほど沢山はいない。

貴族ならなおさらだ。

そして商人達の間でもそれは同じだからこそ、リディーは珍しい人だと評判だった。

自分が儲《もう》けるためなら約束を反故《ほご》にしたり、忘れたふりをする商人達の中で、彼女は淡々と信義を守り続けていたから。

だからこそ商人達も、家族の次に彼女との取引を大事にするようになっていった。

そんな人を見つけるのは難しい。

でも信用できることだけが彼女の価値じゃない。

「譲る気はありませんよ」

ジェラルドはそれだけを宣言する。

サーシャもそれを受けた。

「俺は自分の行動と言葉で、振り向いてもらうだけだ」

お互いに宣戦布告になってしまった。

でもジェラルドは、先ほどまでのもやもやとした気持ちはなくなっていく。

(サーシャもまだ、彼女の心を得ていない)

それが確認できたからだ。

書庫を出たジェラルドは決意する。

なんとしても、自分が先にリディーに気持ちを向けてもらうのだ、と。

# 四章　婚約発表は王宮のパーティーで

午後、リディーは母が訪問してきたので、結婚式について話し合うことにした。

「会場の交渉はジェラルド様にお任せしてあるので、こちらは衣装だけでいいっていうのは楽ですわね、お母様」

「パーティーの料理の手配もお任せできて本当にありがたいけど……。本当に、私達は招待状の作成だけでいいの？」

不安げな母に、リディーがうなずく。

「手紙を書くのは大変だし、急ぐとなると人手が必要でしょう？　こちらのお屋敷は、わけあって人を少なくしているから、手紙のことを任せられるならその方が楽なのですわ」

人が少ないのは、とにかくロアンナ達の魔物変化を他人に知られないためだ。

多くなるほど、外部に漏らしてしまう人が紛れやすい。

代わりに屋敷の周囲を守る私兵の数は通常の二倍にしているらしい。

「手紙を配達するのも、うちの商売のルートを使う方が早いのですわ。ジェラルド様は利権を色々お持ちだけど、ご自身で手広く商売をしているわけではないのですもの」

カーティス侯爵家は、沢山《たくさん》の利権を持っている。

けれど自分達で売り買いをしているのではない。品を売る権利を預けるのと引き換えに、利益を得ているのだ。

（前侯爵夫人だけでなく、執事やメイド長まで魔物化している状態では、人を増やせないですけど、この方法なら商売のために出入りする人間も減らせるものね）

そういうことを知る度、ジェラルドは賢い人だとリディーは思う。

難局のただ中で、呪いを解く方法を探しながらも、外交中に様々な利権をしっかりと手にしているところも抜け目ない。

商売敵《がたき》だったら、とてつもなく恐ろしいけれど、共同で商売をするならこんなにも心強い人もいないだろう。

一年といわず、ずっと商売でつながりを保っておきたいものだが……。

――もしかしたら、そのまま続くかもしれないのですから。

ジェラルドの言葉を思い出してしまって、リディーは心の中で慌てる。

（続いてもそれは嫌じゃないですけれど、ジェラルド様だって商売上の利点があるから、ですわよね？）

そう思って自分の心を落ち着ける。

表面上はとりつくろえたようで、リディーの母は何も気づかず質問をしてくる。

「ところで婚約発表は、本当に大丈夫なの？　改めて会場を手配しなくてもいいの？」

リディーの母は自分が古式ゆかしい手順を踏んできた分、異例ずくめのリディーの結婚に不安があるらしい。

「大丈夫ですわ、お母様。とても素敵な場所ですのよ。王宮で、しかも異国の使者様もいらっしゃるし、沢山貴族の方々もご出席すると聞いていますわ」

「だからって、他人様のパーティーに出席して、そこで話を広めて終わりって……」

リディーの母は両手で顔を覆う。

「そんなにいけないでしょうか？　お母様。婚約したことを沢山の方に知ってもらうのが目的ですのよ？　何より、ブレア公爵令嬢やペルカ子爵にも、招待状を出してお客様扱いをしなくても、しっかりと婚約のことをお知らせできますわ」

それを言うと、リディーの母は表情が能面のようになる。

「そうね。ペルカ子爵と直接かかわらなくてもいいわね……。あの方を招待したくないし、けれど招待されていなかったので知らなかったと難癖《なんくせ》付けて、あなたにまた求婚してきても嫌だわ」

相当ペルカ子爵が嫌になっているようだ。

「そう、昨日はそのペルカ子爵から手紙が来ていたのよ」

「え!?　まだ諦めていなかったんですの？」

公衆の面前で振られたも同然なのに。

「先日のことは許しますから、結婚について話を詰めましょうと……。封筒の表に赤文字で『受取拒否』と書いて返送してやりましたよ、リディー」

ふんす、とリディーの母は鼻息荒く答えた。

「ありがとうございますわ、お母様」

「それでも、本人が全て無視して突撃しないとは限らないわ、リディー。だから、気をつけるのよ。ああいう手合いは、たとえ国王陛下の見ている前でも、何をするかわからないもの」

そして深いため息をつく。

「……そうよね、あの子爵がいることを考えても、普通のお式は無理よね……。早く結婚しないと、また難癖付けてくるのはわかっているのよ、私も」

母の心は、また異例尽くしの婚約パーティーと結婚式のことに戻ってしまったようだ。完全に納得したわけではないのだろう。

リディーはなだめるように言う。

「普通の婚約パーティーでも、十分に伝聞でお知らせできるでしょうけど。今のうちでなければ、二か月後の結婚式前までに周知できませんわ。超高速でお知らせするにはこれが一番ですのよ」

「そうねぇ。結婚式の招待状はパーティーの三日後には出せるようにしておきましょう」

「ありがとうございますわ、お母様」

まだちょっとため息をつきつつではあったが、納得した母が帰った。

次は、ロアンナ達の呪いについて調べることにする。

(でも、書庫はちょっと……)

サーシャの見解を聞いたりしたいけど、また求婚のことを話されるのも困る。

なんて答えたらいいのかわからないのだ。

(私って、こんなに優柔不断でしたのね)

自分の一面にリディーは驚くばかりだ。

求婚してくれたことが嬉《うれ》しいながらも、困るので断らなければ……とは思うのだ。

でも、こんな求婚をしてくれる人が何度も現れるわけがないと思うと、どうしても不安で心が揺れてしまう。

(ただひたすらもったいないのですわ。これがラブレターだったら、秘密の小部屋を実家に作って、飾っておいたはずですの。もし結婚できなくても、それを見れば自分にも青春はあったんだと心慰められると思うから……。でも、こんなにもったいなく思うのは、私が前世で不美人だったからでしょうね)

前世のリディーは、美人とはとても言えなかった。

誉《ほ》め言葉は、男女問わずお世辞での可愛《かわい》い止まりだ。

綺麗《きれい》とすら言われたことがないし、鏡に映る自分を見て、とりあえず清潔感だけは保持することだけに専念していた。

それでも陰でブスと言われることがあったので、ひと月に一度は、美容整形なんて言葉が脳裏にちらついていた。

だから告白されることもなく、男性とは友達関係までにしかなれず。いつも隣にいた女友達はぽんぽんと誰かと恋人になって結婚していくのを、別世界のことのように感じていた。

そんな感覚を引きずったまま、今世も生きてきたせいだろう。

ものすごく、どうしていいかわからないのだ。

そんなことを考えていたリディーだったが、困った表情のアシナからある報告を受け、いそいそと庭の東屋《あずまや》に出た。

明るい場所でお茶を飲みつつ、リディーは書庫から持ち出していた本を読む。

わざわざ場所を外にしたのは、明るいということもあるが……。

「本当に住んでいるわ……」

「え、うそでしょう？」

「今日になってまた呼ばれたのではございませんの？」

「夜になっても、馬車が出てくる様子もなかったそうよ。うちの使用人に見張らせていたから確かですのよ！」

少し離れた場所から、そんな会話が聞こえてくる。

カーティス侯爵家の東屋は三か所ほどある。

リディーが選んだここは、塀に近い場所だ。

しかもその塀には、踏み台を持ってこさせたのか、塀の上から顔を出して中をうかがう令嬢達がいた。

塀から頭だけ出して覗《のぞ》いているのは五人。

（あー、写真に撮って見せてあげたいですわ。生首が並んでいるようで、ご自身で拝見されたら悲鳴を上げるでしょうし。道路の方から後姿を撮っても、面白《おもしろ》い光景になると思うんですのよね）

気づいた時に、恥ずかしすぎてのたうち回らないと良い。

リディーがそんな心配をするぐらいには、ちょっとおまぬけな状態だ。

そして彼女達に見せつけるため、リディーはわざわざこの東屋でお茶をすることを選んだのだ。

諦めて帰ってもらえるように。

そして屋敷に侵入する気持ちを無くしてもらうためにも。

「なんとか、あの女の失点だけでも見つけないと！」

「マーガレット様が侯爵夫人になるためには……っ」

そんな会話から、リディーは彼女達が何をしたいのか把握する。

ブレア公爵令嬢マーガレットの指示だ。

リディーがジェラルドにふさわしくない、と言える情報を集めるため。

一度は彼女達の訪問がなくなったものの、今日になってまた来たのは、やっぱり諦めきれなくなったブレア公爵令嬢が、彼女達にお願いをしたのかもしれない。

「アシナから令嬢達が屋敷を覗いていると聞いた時には、既成事実派かしらと思ったけれど。あれなら放置していてもよろしいですわね」

粗探《あらさが》しなら、敷地内に潜入してこないだろう。

堂々とした姿を見せつつ、リディーはやるべきことを進める。

「これは確か、魔術の本でしたわね」

中身をパラパラと見ていく。

……魔術師の日記みたいなものだった。

しかも魔術に関することはあんまり書かれていない。侯爵家の援助を受けて研究をしていた人による、当時の侯爵家の面々についての観察日記のようだ。

侯爵家の記録として、書庫に残していたのだろうか？

次に手に取ったのは、新品だとしか思えない美しい本。

青い布を貼った表紙も、タイトルを記した金箔《きんぱく》も綺麗だった。

古い物のはずなのに、中の紙も植物紙だというのに劣化の様子が見られない。

「これは当たりかしら？」

精霊が祝福する本は、全て植物紙で作られているのだ。

どうやら精霊は動物の皮は忌避するらしい。表紙が布張りで金などが使われているのも、精霊が好むからだろう。

知識としては知っていたリディーだったが、そんな本に出会ったのは初めてだ。

「色々お話を聞かせてくださった魔術師様も、精霊は専門じゃなかったから、精霊が祝福した本はお持ちではなかったものね。ああーうれしいわ！　これぞファンタジーですわよ！」

お茶とお菓子に、ひざ掛けを用意してくれたメイドも離れた場所にいてもらっているので、おおいに独り言《ひとごと》を言いつつ、リディーは本のページを開く。

中は、侯爵家初代当主の日記のようだ。

群雄割拠《ぐんゆうかっきょ》の時代の中、辺境の森近くにある町で生まれたことから記述が始まっている。

ふんふんと読みすすめるリディー。

しかしこの本には、参考になることはないようだった。

「初代当主なら、精霊に呪われたという話ぐらいは遭遇しているかなと思ったのですけど……上手《うま》くいきませんわね」

次の冊子を手に取る。

これは植物紙だが、紐《ひも》でまとめられただけのものだ。

だから何かの書付《かきつけ》かと思ったのだが。

「……ひらがな？」

中身が、全て前世で馴染《なじ》み深いひらがなで書かれている。

子供の絵本のような印象だ。

そして全部ひらがなだと、読むのが大変だ。

同じ言葉でも、漢字混じりだとすぐに意味がどちらか判別がつくものも、ひらがなの場合は前後から意味を考えなければならない。

ちょっとずつしか読めず、だけど集中しているうちに時間が経《た》つ。

「奥様、そろそろお部屋へ引き揚げられた方が……」

アシナに声をかけられてみれば、すでに日が傾いて空が茜《あかね》色に染まり始めていた。

塀に鈴なりになっていた令嬢達もいない。

「そうね。風邪《かぜ》でも引いたら、明日のパーティーに差し支えがあるわね」

なにせ婚約発表をするのだから、欠席などするわけにはいかない。

自己管理もしなければ。

リディーはようやく東屋から引き揚げることにした。

翌日、リディーはいつも通り起きた後、アシナを呼ぼうとして思いとどまる。

なにせ昨晩も、ロアンナ達は猫猫大運動会を開催していたはず。アシナ達使用人も疲労困憊《こんぱい》だし、今後の結婚式の準備のことも考えると、休める時に睡眠をとってほしいのだ。

そこでリディーは、お茶は自分で淹《い》れようと思い、キッチンへ。

キッチンメイド達はさすがに起きていて、かまどに火を入れて、立ち働いている。

「あの、お茶をいただいていってもいいかしら？」

「はいよ！　……って、えええええ!?」

元気よく返事をした年長のキッチンメイドが、リディーを見て目を見開く。

「おおおお、奥様!?　こんなところにどうして！」

「みんなをもう少し寝かせておいてあげたいけど、お茶をもらいたくなって。自分でやるから、葉とお湯とカップをいただければ結構よ。ミルクは届いているかしら？」

「あ、はい、その」

「カップはこちらね。良かったら合間に皆さんのも淹れておくから、飲んでちょうだい。一杯だけ入れただけでポットを洗うのも、大変ですものね」

驚いている間に、強引にお湯を薬缶《やかん》でもらい、見つけたポットに茶葉を四人分投入。

後で彼女達も、自分用の茶葉を使って飲むのだろうけど、それなら洗い物を少なくした方がいいだろうと思ったのだ。

勝手に出したカップに、さっさとお茶を注ぐ。

その間に届いていたミルクを出してくれたので、入れていく。

「ミルクが嫌な方はいらっしゃる？」

「だ、大丈夫です」

「わりと好きですので」

「ミルクは好きなのですが、その、奥様……」

「ほらほらできたわ。後で飲んでおいてね。食事の出来上がりもゆっくりで大丈夫ですわよ」

リディーは自分のカップを持つと、キッチンから退散する。

長居をしていると、彼女達に迷惑をかけることになるからだ。

奥様に見られながらお茶をするなんて、雇われている側がほっとできないだろう。

「一緒に飲むのは、もっと慣れ親しんでからにしないとね。でも自分で淹れるのは久しぶりだわ。貧乏暮らしの時は自分でやっていたのですもの」

キッチンに久しぶりに入ったからか、昔のことを懐かしく思い出す。

貧乏だと発覚したあの頃のことを。

最初、母は使用人を解雇しようと言っていた。けれどリディーが反対したのだ。

その程度の節約で、借金が返せるわけがないとわかっていたから。

むしろ稼ぐ手段を得るべきで、そのためには商品開発や製造、交渉で走り回る時間が必要だ。

そしてリディーの母だって大事な渉外担当だ。

貴族家出身の母なりの人脈などもあったので、家事にかかりきりになってもらっては困るのだ。

そういうもろもろのことを考えても、メイドを全員解雇するなんてもっての他だった。

それでもメイドの数を少し整理させてもらって、お茶や簡単な身支度はリディー達が自分でするようにした。

それぐらいなら、仕事の邪魔にならないから。

(前世で仕事して一人暮らししていなかったら、そんなこと考えもしなかったでしょうね。あの頃は、仕事から帰って掃除洗濯料理をするのって、大変だったし、睡眠時間が削れてしまうから嫌だったのですわ)

そんな記憶から、商売に専念できる状況を守ったのだ。

懐かしみつつ部屋で書庫から持ってきていた冊子を見ていると、夜当番だった使用人たちが起きる時間になったようだ。

「奥様！　ご自身でお茶を淹れさせてしまってすみません」

飛び込むようにやってきたアシナに謝られてしまう。

彼女は朝の様子を、キッチンメイドから伝え聞いたのだろう。

リディーは首を横に振る。

「みんなが侯爵家のために夜中に働いているのだもの。今後も、ロアンナ様達がお忙しい日には自分で用意するから気にしないでいいのですわ。キッチンの方々にもそう伝えておいてくれる？」

「え、でも……」

「意外とお茶を自分で淹れるの、好きなのですわ、私」

好みの問題にすると、さすがにアシナも引くべきだと思ったのだろう。

「承知いたしました。では、本日のパーティーの準備をいたしましょう。それにしても午後早い時間のパーティーは珍しいですね」

パーティーの開始は三時だ。

行って目的を果たして帰れば、遅くとも六時には侯爵邸に戻れるだろう。

「そうね。でも助かるわ。帰ってきたら追いかけっこを手伝えるから」

ちょっと疲れるものの、その後、夜の追いかけっこに参加できる。

今日は目の下にクマを作って行くわけにはいかなかったので参加しなかったが、パーティーが終われば手伝える。

なにせ網を持って待ち構える役が一人多いだけでも、ケットシーに変わってしまったロアンナ達を捕まえやすくなるのだから。

パーティーの準備は、入浴から始まった。

侯爵家の素晴らしい大理石の広い浴室にある、バスタブに満たされたお湯と薔薇《ばら》の花びら。

湯につかって一息ついたら、モートン化粧品を使って肌を整えておく。

次に軽い昼食を部屋で済ませる。

まだまだ準備があるので、あちこち移動していられないからだ。

次はドレスの着付け。

用意していたのは、リディーの瞳《ひとみ》の色に近い湖のような碧《みどり》。

白いレースをふんだんに使い、風でさざ波が立った湖面のような雰囲気だ。

お見合いを何度かするつもりで作っていたドレスが、こんな形で役に立つとは、とリディーは思う。

そこに折よく、ロアンナがやってきた。

「ごきげんようリディーシア様。息子から今日のドレスに合う物を探しておいてほしいと言われていたのよ。これなんてどうかしら？」

ロアンナは両手に捧《ささ》げ持っていた、エナメルで装飾されていた宝石箱を開く。

赤い天鵞絨《ビロード》の上にある、美しい黄色の宝石のネックレスとイヤリングが現れた。

「これはイエローダイヤと、イエローサファイアでしょうか？」

「よくおわかりになったわね。色の濃淡が近い二種を組み合わせて薔薇の花を、白のダイヤを葉の形に整えて作った物よ。製作者は木香《もっこう》薔薇が蔓《つる》を伸ばして咲く姿を模したらしいの」

美しく磨かれたサファイアとダイヤは、光を瞬《また》かせるカットをほどこされてはいない。だからこそ、リディーよりもネックレスが目立ってしまうという悲しいことは避けられそうだ。

「これが一番あなたに似合うでしょう。精霊の祝福がこもった品ですから、きっと婚約発表も無事に終えられると思いますよ」

（精霊の祝福ですの!?）

大金持ちになっても、そんなすごい物を所有することはできなかったリディーだ。

感激して涙が出そうだった。

「そんな大切な品をお貸しいただけるなんて……ありがとうございますわ」

ロアンナは微笑《ほほえ》んで言う。

「このネックレスとイヤリングが、あなたを守ってくれるでしょう。それ以上に、高級品というものは、一部の俗物的な人物による悪意を撥《は》ね返してくれるわ」

例えば、リディーを平民相手の商売をしていると蔑む者。

王族でもなければ手が出ない品を身に着けていれば、金銭的に敵《かな》う相手ではないからと引っ込むだろう。

それに、ジェラルドから本当に愛されているのか疑う人間もこれで黙るはず。

このネックレスを身に着けていれば、リディーに金に糸目をつけないほど入れ込んでいると解釈するだろう。

高価な宝飾品でしかそれを推し量れない人々を相手するには、この上ない剣となり鎧《よろい》となる。

「お心を砕いていただいて、とてもありがたいです、ロアンナ様。感謝申し上げます」

心からお礼を言うと、ロアンナが苦笑う。

「いいえ。私のために、そしてカーティス侯爵家の体面のために協力をしてくれてるあなたに、何かお礼をしたいと思っていたの。この品は、あなたに差し上げるわ」

「このように、値が付けられないほどの価値がある物をですか⁉」

もし侯爵家から譲り受けたいと思っても、鉱山の一つは対価に差し出したうえ、何度も説得に訪れてようやく納得してくれたら……というレベルの物だ。

「あなたがしてくれていることは、それ以上に素晴らしいことですもの。むしろこの屋敷にいらっしゃった時に、お詫《わ》びを申し上げなくてはならないぐらいなのに……」

ロアンナの表情に後悔がにじんだ。

あの時はまだ、ロアンナの秘密を知らなかったからだ。

「ジェラルドが、驚かせないように、侯爵家に慣れた後で事情を話したいと言っていて。それを待ってからと思っていたのだけど、早くお礼ができて私は嬉しいのよ」

そう言って、ロアンナは嬉しそうに微笑んだのだった。

話の後、化粧を始める。

メイド達がしてくれるので、リディーは黙って目を閉じたり開いたりすればいいだけだ。

そもそも現在のお化粧の流行が薄いものだったので、簡単に粉をはたき、目立ちすぎないように紅を唇につけるなどする程度で終わる。

次は髪結いだ。

「銀の髪がとても美しいから、結い上げすぎないようにしましょう」

上半分に編み込みなどを入れて、ネックレス等と合う黄色の宝石や花の髪飾りをつける。

後ろの髪は背中に流した。

そこにもらった首飾りとネックレスを身に着けて完成だ。

「まぁ、お綺麗ですわ奥様」

「本当？　ジェラルド様の隣で見劣りしないといいのだけど」

鏡の中のリディーは、清楚《せいそ》と華やかさが増しているように見える。

精霊の祝福を受けたネックレスも、ずっと身に着けていた物のように馴染んでいるし、リディーを引き立ててくれていた。

(でもジェラルド様はご自身が一級品ですもの。私は隣で彼を輝かせる引き立て役になれればいいのですけど、見劣りしすぎて、ジェラルド様への賞賛を打ち消しては困るのですわ)

悩むものの、ロアンナが「そんなことはないわ」と言ってくれる。

「綺麗よ、リディーシア様。うちの息子の方こそ、あなたの背景で咲く花になることでしょう」

「そうでしょうか？」

身内のことなので、謙遜《けんそん》しているのだろうとリディーは思う。

ただ、表情からはひどい出来ではなさそうだと読み取って、ほっとする。

その時、ちょうど出発の時間に近くなっていたようだ。

ノックがして、ジェラルドが待っていると告げる声が聞こえた。

「さ、一口飲んでからいってらっしゃい」

ロアンナが飲み物を差し出し、ありがたくもらってからリディーは部屋を出る。

そうして、エントランスへ下りる階段を下った。

途中で、こちらを待っていたジェラルドが見上げてくる。

視線が合った瞬間、ジェラルドが目を見開いた。

（……驚いているのかしら？）

なぜだろうと思いつつ、彼の側《そば》へ歩いていった。

「お待たせいたしました。ロアンナ様からも素晴らしいお品をいただきましたの。とても嬉しかったですわ。ありがとうございます」

待たせた詫びと、ネックレスのお礼を言う。

ジェラルドはややぎこちなく「あ、ああ」と返事をするばかりだ。

「何か悪い物でもお召し上がりになりまして？」

変な反応だと思ってそう言えば、ジェラルドははっと我に返ったようにいつもの調子に戻ってくれる。

「いや、そんなことはない。時間が迫っているから、行こうか」

「はい」

うなずき、リディーはジェラルドと一緒に馬車に乗り込んだ。

※※※

今回のパーティーは王宮で行われる。

ルーヴェル王国の使節団を迎えてのパーティーだからだ。

華やかなパーティーにするため、かなり沢山の貴族が招かれたようだ。

王宮の車寄せには、沢山の馬車が停まっていた。

「あら、この間我が家の化粧品をお買い上げいただいたフィーヴィー子爵ご夫妻がいらっしゃるわ。あちらは定期購入にサインをいただいたマルタ伯爵夫妻ですわね」

馬車から降り、王宮の回廊を進みながらリディーは他の招待客の顔を確認していく。

横にいたジェラルドが、感心したように言う。

「よくそこまで覚えていますね……。かなり沢山の顧客がいると聞いていますが、全員を覚えているのですか?」

「全員ではございませんわ。貴族で、使用人用やご自身のために沢山契約してくださった方だけですの。でも、順調に増えておりますから。いずれどの貴族家でも、モートン化粧品が使われるようになるでしょう。その光景が見られる日が、今から待ち遠しいですわ」

うふふふと笑って言えば、ジェラルドも笑う。

「魔物以外に興味はない人だと思っていましたが、商売の方も楽しそうにやっていらっしゃるようですね」

「商売は、やむにやまれず始めたことですけれど、少しぐらいは楽しくなければ続かないのではございませんこと？」

職場の人間関係が楽しいとか、仕事の内容そのものが楽しいとか、種類は色々あると思うが、何か楽しいことがなければ人間は続けていけないものだ。

苦しいばかりでは、さすがに心が死んでしまうから。

「僕との結婚も、辛《つら》いことばかりではないことを願うばかりですね」

ジェラルドがそんなことを言うので、リディーは笑う。

「私の大好物がお屋敷にありますのに。毎日わくわくしておりますわ」

そんなリディーを、ジェラルドが目をすがめるようにして見る。

まぶしい光を直視した時のように。

「どうかなさいまして？」

「いえ。あなたと再会できて本当に良かったと思いまして」

「私みたいな変わり者を探すのは大変ですものね」

リディーが笑うと、ジェラルドが「それだけではありません」と付け加えた。

「もう一つあります。あなたが前向きに努力できる方だから……ひかれました」

「ひ、ひかれ……？」

リディーは思わずドギマギしてしまう。

そんな言葉は、普通恋愛の時じゃないと使わないと思うのに。

「借金を背負うと、たいていの女性が解決法として、裕福な貴族の後家に入ることを選ぶでしょう。働いてどうにかなる、と思える人は少ないはずです」

「そうかもしれませんわね」

リディーが商売で稼いで一発逆転しようと思えたのは、前世で働いていた記憶があったからこそだ。

「だけどあなたは、誰かを頼るより真っ先に商売を始めた。……それを知って、僕は外国で母を治療する手立てがないか探しに行こうと、外交に参加するようになったのです」

「結婚を避けるためではなく、ですか？」

「避けるだけなら、領地に引きこもるという方法もありましたから」

「では……ご自身で、解決しようとなさったのですね」

ジェラルドがうなずく。

リディーはなんだか自分が誇らしくなった。

(私の行動を見て、自分も一歩踏み出した人がいる。すごいことですわ)

そんな風に影響を与えられることなんて、そうそうない。

「まぁ、リディー嬢と違って僕は上手くいきませんでしたが。でも、何度かくじけそうになる合間にあなたがどうしているかを調べては、商売を発展させている姿に励まされてきました」

そう言ってこちらを見る彼の表情は、とても優しいものだった。

「だから他の手も打とうと思えたのです」

(たぶん、サーシャ様のことですわね)

養子をとって、結婚しなくていいようにしておけば、ジェラルドは母のことを楽に隠しておけるようになるから。

話しているうちに、パーティー会場へ続く大扉の前へ到着する。

「そうしてあなたに負けないようにしていたせいか、ずっとあなたと競ったり、一緒に戦ってきたような気さえするのです。そんなあなたは、僕にとって憧れです。まぶしくて、ひきよせられてしまう……」

立ち止まったところで、ジェラルドがじっとリディーを見つめる。

リディーの方は、そんな彼の瞳に吸い込まれてしまいそうな錯覚を起こした。

（なんだか、目をそらせない）

どうしてだろう。

リディーの方も、ずっと見つめていたくなってしまう。

その呪縛を解くように、ジェラルドが続きを口にした。

「僕と結婚することで、あなたには重荷を背負わせてしまいましたが」

リディーは我に返って返事をする。

「問題などございませんわ。私達は協力関係を結んだ戦友のようなものですのよ。今後も一緒に、がんばってまいりましょう」

いつかロアンナ達の呪いが解けるまで。

この結婚契約の間に解決できなかったとしても、ジェラルドに協力しよう。

リディーはそう思いつつ、パーティー会場へ足を踏み入れた。

ジェラルドが苦笑いしているのに気づかないまま。

会場は、通称ガラスの森と呼ばれる大広間だった。

シャンデリア以外にも、カットをほどこされたガラスの装飾が天井から下げられていて、ガラスの森の中にいるように錯覚する。

夜だというのにシャンデリアの光が乱反射して、昼と変わらない明るさだ。

その中を、リディーはジェラルドと腕を組みながら進む。

「あら、あれは噂《うわさ》の……」

すでに会場入りしていた貴婦人や貴族達が、リディー達を見てささやく。

「ブレア公爵令嬢を振ったと聞きましたぞ」

「手に手をとって、パーティーから逃げたとか」

「わしは、以前から極秘で交際を続けていたと聞きましたが」

無責任な噂が飛び交っているのが、リディーにもわずかに聞こえてきた。

その内容は、リディー達がそうあってほしいと思っていたものだったので、まずまず満足する。

「ブレア公爵令嬢との婚約を拒否したことも、伝わっているようですわね」

「ええ。強引に婚約したという噂をばらまいていなくて、安心しました」

今回、少しだけ心配していたのはそのことだ。

振られたことが名誉に関わるからと、「あれは何かの間違いだ！」と公爵令嬢に都合のいい噂を広められている可能性があったから。

「それでは、ルーヴェル王国の使節と挨拶《あいさつ》を先に済ませましょう」

ジェラルドにエスコートされ、リディーは会場の中央へ。

そこでしばし待つと、時間が来たのか、国王夫妻と王太子、そしてルーヴェル王国の使節団が入場してくる。

今回は舞踏会なので、彼らのための席が高くなった段上に設置されており、貴族達はそちらを仰《あお》ぎ見る形だ。

国王が挨拶を始めた。

現在の国王は評判の良い人だ。挨拶が簡潔だし、貴族達をよくわからない法を作って引《ひ》っ掻《か》き回したりしない。

今回の挨拶も「ルーヴェル王国の使節団を迎え……」とごく短い経緯説明と、「我が国を支える者達で歓待してもらいたい」という要点だけを話し、早々に終わってくれる。

(ああ、前世の校長先生や社長よりも早くお話が終わってくれて嬉しいですわ)

喜びつつ、リディーは他の貴族達と同様に一礼した。

その後はジェラルドと共にルーヴェル王国の使節団の元へ。

挨拶をするといっても、リディーは一歩後ろで話に耳を傾けるだけだ。

(楽ですわー)

何かしゃべらないといけないわけでもないので、とてもリディーは安心して、使節団のことを観察できた。

ルーヴェル王国の使節団は、少しだけリディー達の国とは生活様式が違うせいか、衣服も薄絹を重ねる様式だ。

同行してきている女性も、腰を膨らませるドレスは着ていない。

かといって頭から布をかぶったりはしない。

(前世の砂漠の国よりは、ちょっと洋風に傾いている感じかしら?)

柔らかな布を腰に巻き付けるのも、軍服にも似ているものの、あまり厚い布を使わない造りではないのも、湿度の高い密林を擁する国だからかもしれない。

ジェラルドは何度かルーヴェル王国の使節団の人々と会ったことがあるようだ。

あれからどうだったとか、奥様は元気ですかなどの話をした後、リディーを紹介してくれる。

「こちらは僕の結婚相手リディーシア・モートン嬢です」

「結婚なさるのですか!」

ルーヴェル王国の使節の中でも、年長の男性が驚く。

「細君は娶《めと》らないつもりだと聞いていましたが、添い遂げたい方が見つかったのですね」

「はい」

ジェラルドは冷静に答えていた。

ルーヴェル王国の使節達は笑って祝福したうえで、予想外のことをジェラルドに言う。

「カーティス侯爵にも、本当に好いた女性が現れたんだな」

「君が女性と仲良くずっと寄り添っている姿を、見る日が来るとは思わなかった」

「なまじ顔が良いから、いつ結婚してくれと言われるか怖くて、女性には一定以上近づかなかったのだからな」

「え、そんなにですの？」

小声で思わずつぶやいたが、耳の良い人がいたらしく、若い使節がにこにこと教えてくれる。

「我が国ではそもそも、男女の距離が近い。それを嫌がって、なるべく遠ざかっていたカーティス侯爵の様子は、とても楽しかったですね」

さらに中年の男性も割って入った。

「それどころか、前回この国に来た時も、面白いぐらいにダンスを避けたり、晩餐会《ばんさん》でもお年を召した女性にばかり優しくて、若い女性達が歯ぎしりしておった」

陽気なルーヴェル王国の使節団は、楽しそうに話してくれる。

リディーは（本当ですの？）という視線をジェラルドに向けてしまう。

ジェラルドは苦笑いで応《こた》える。

（まぁまぁ本当、ということかしら？）

考えてみれば、リディーはパーティーでのジェラルドの様子をじっくり眺めたことはない。

普段のジェラルドは、いわゆる貴族の中でも選ばれし人々しか招待されないパーティーに出席している。一方のリディーはそこに参加できない身だから、あまり知らないのだ。

（学院の時は……わからないわね）

あまり気にしていなかったので、思い出せない。

その時ふいに視線を感じて横目で確認すると、ぎりぎりと苦虫を噛《か》み潰《つぶ》した表情のブレア公爵令嬢を見つけた。

彼女以外には、面白そうにジェラルドやリディーを見ている貴族の夫婦も多い。

「仲が良さそうじゃないか」

「カーティス侯爵が女性のエスコートをすること自体が初めてではないかしら？」

（では、ちゃんと婚約者らしく見えるってことよね？）

リディーはほっとすると同時に、ちょっと胸が高鳴る。

自分だけが特別扱いなのだ、とわかったからだ。

（こういうの、ちょっと嬉しいですわよね）

計画通りに進んでいることも嬉しいが、一年とはいえ一緒に暮らす相手が、ちゃんと自分を特別に扱ってくれているのだ。

感慨にふけっている間も、ジェラルドとルーヴェル王国の使節との話は進む。

ルーヴェル王国の品を、モートン家が取り扱うことについてジェラルドは話してくれた。

リディーが商売をしていると話すと、ルーヴェル王国の人々は賞賛してくれる。

ルーヴェル王国では、貴族女性が商売をしていても珍しくはないようだ。

その後、使節団の一番年長の男性が、ジェラルドに贈り物をくれた。

小さな宝石箱——たぶん中身は指輪のような物ではないだろうか。

受け取ったジェラルドは、いつもより少し嬉しそうだ。

ルーヴェル王国側が「約束通り探してきた」と言っていたので、頼んでいた物が見つかったのだろう。

そうして使節団との会話は終わり、彼らから離れたとたんのことだ。

「あら」

「ああ、来ましたね」

リディーの声に、ジェラルドがうなずく。

ずんずんと目の前にやってきたのは、取り巻きの令嬢を引き連れたブレア公爵令嬢マーガレットだ。

「失礼します、ジェラルド様」

「僕は君に名前呼びを許すほど親しくないのですが?」

最初の挨拶を斬って捨てられ、マーガレットの頬《ほお》が膨らむ。

ジェラルドの方は慣れたように平然としていた。

(こんな対応をされているのに、どうしてジェラルド様と結婚したいとお思いになるのでしょうね……)

くじけない心を持つマーガレットが強すぎるのか？　とリディーは首をかしげる。

マーガレットは言い直した。

「カーティス侯爵様、私との婚約のお話があったはずなのに、なぜ他の女を連れていらっしゃるの？」

ジェラルドは片眉を跳ね上げる。

「婚約の申し入れを続けておりますのに、無視されるなんて！　ああひどい」

マーガレットが泣き崩れる演技をすると、取り巻きの令嬢達が慰め始める。

「あらあらあら。こちらを悪者にしようとしていらっしゃるのね」

リディーは思わずつぶやいてしまう。

完全拒否をされていることは、周囲にも広まっているはず。

しかし『可哀想《かわいそう》』な人に対して、人は甘く判断してしまう。

可哀想なのだから、意見を聞いてやろう。

可哀想だから、少し譲歩してやろう、と。

案の定、パーティー会場にいた人々も、気の毒なマーガレット寄りの空気になっていく。

「まさか本当に婚約の約束をしていたのに、モートン伯爵令嬢と恋に落ちてマーガレット様とのお話をお断りになったのかしら？」

そんな筋が通ってしまいそうな話を耳にした人が、納得できるから真実に違いないと思い込み始めると、もう止まらなくなる。

（だから、ここで止めないと）

きっとマーガレットは、同情の演技をするサクラも仕込んでいるはず。

リディーを後ろめたい存在にして追い落とすには、世論しかないと思って仕掛けるのなら、それぐらいするだろう。

(本人ではなくとも、マーガレット嬢の父が仕組んでいるかもしれませんものね)

同情する人が増えたように見えるだけで、そういう相手にひどいことを言いにくい空気が生まれる。

そこで反論すると、反論した側が正しくても悪者にされることがあるのだ。

だからジェラルドとリディーがすべきことは、それを早々に叩《たた》き潰すことだ。

「君と婚約した覚えはありません。そんなことになっていたら、この結婚許可証は得られないはずですよ」

大きな声で言ったジェラルドが、懐《ふところ》から結婚の許可証を取り出す。

さらに周囲の人にも良く見えるよう、高く掲げた。

紙質も、そこに装飾がほどこされている用紙だということからも、遠目でも何らかの証明書だとわかるはずだ。

「王家からはすでに結婚の許可を得ています。あなたと婚約していたら、そんなことにはなっていませんし、申請をしていたらこの許可証は発行されていませんが?」

目論見《もくろみ》通り、周囲が一斉にジェラルドが掲げる結婚の許可証に注目した。

「おおお、たしかに」

「懐かしいですわね、許可証」

既婚の貴族夫婦がほのぼのと許可証を眺める。

そんな声があったおかげで、誰もが正真正銘《しょうしんしょうめい》の結婚許可証だと認識したようだ。

一方で、わざわざここに結婚許可証を持ってきていたことに、引く人もいる。

「え、あんな風に証拠を突きつけるの？」

「相当ブレア公爵令嬢が嫌だったのかしら……」

現実を突きつける情け容赦なさを、ひそひそと話す声があった。

マーガレットもそんな声に励まされたのか、泣く演技を加速させる。

「ひどいですわ！　私のことがそんなにお嫌いですの？　許可証までわざわざ持ってくるほどひどいことをしていないのに！　あなたをお慕いしているだけですのに……」

えーんえーんと泣き真似《まね》をするので、リディーはそれを止めることにした。

「ブレア公爵令嬢。この方に懸想《けそう》するのは良いのですが、同じことができるほど気が合わないと、一緒にいるのは辛いと思いますのよ？」

親切なことを言いつつ、リディーは自分も持っていた許可証を出して見せる。

マーガレットの目が吊り上がった。

「見せつけているの!?」

「もちろん、見せびらかすために持って参りましたわ。嘘《うそ》をついていると誤解されたくありませんでしょう？」

怒るマーガレットに、リディーは正直に告げた。

「モートン嬢も持ち歩いていましたの？」

「まぁ、気が合う二人なのかも……」

「たしかに普通のご令嬢なら、許可証を見せるために持ち歩くなんてこと、できませんわよね」

「お似合いの性格かもしれませんわ」

リディーとジェラルドは気が合う同士なのだ、という認識が、他の貴族の間に広まっていく。

これぱかりはマーガレットはどう返せばいいのか困ったようで、「ひどいわひどいわ！」と泣き真似を続けた。

そこでリディーが追撃する。

「ブレア公爵令嬢、なぜジェラルド様と婚約したかのように吹聴《ふいちょう》していらっしゃるの？　ご婚約の話があるとおっしゃるわりに、王家にも結婚の申請はしていらっしゃらなかったというではありませんか」

堂々と戦いを挑まれたマーガレットは、負けるものかとこちらをにらんだ。

「お、親同士の口約束でしたもの！　前カーティス侯爵様が私の父と約束していたのですわ！　なのにカーティス侯爵様が信じてくださらないから……」

「王家に近い貴族家の結婚のお話ですのよ？　陛下と会った時に全く話題に出さないわけがありません。そして陛下は知っていらっしゃったら、間違いなく申請をした時に僕にご下問されたはずですよ。どうなっているのか、と。でもそういうことは一切ありませんでしたね」

ジェラルドは視線を背後に向ける。

「それでお間違いありませんか、陛下」

いつの間にか、国王が壇上から下りて近くまで来ていた。

騒ぎを聞いてやってきたのだろう。

国王はジェラルドの言葉にうなずく。

「そうだな。君の父からも、ブレア公爵令嬢の父からも、そんな話はついぞ聞いていない。それでは婚約の約束があったと言われても、信用できないだろう」

「え、その……」

マーガレットは困ったように視線をさまよわせる。

やがて一点を見つめた。

その先にいたのは、ブレア公爵その人だ。

国王もそちらを向くと、あわあわとブレア公爵は遠ざかって会場から逃げていく。

それを見て、国王はため息をついた。

「ふぅ。酒の席の戯《ざ》れ言《ごと》を真剣に受け止めたのかもしれないが。親同士でも結婚の約束の確認すらとっていなかったのだろう。それでは約束というには弱すぎるな。……とにかく結婚が決まってめでたい。おめでとうと先に言わせてもらうよ、カーティス侯爵。そしてモートン伯爵令嬢」

「ありがとうございます」

「お祝いいただき感激でございます」

ジェラルドとリディーは国王に深く一礼した。国王は満足げな表情だ。

それから国王が、マーガレットを見下ろす。

「それで、私が認めた結婚に異議があるようだが？」

「えっ、あのっ、でも……」

マーガレットは反論したそうだったが、相手は国王だ。

「い、異議はございません」

結局、文句を押し込めて唇をかみしめる。

(反論しようがないでしょうね。私が結婚したかったのに、この男が別の女と結婚しようとしていてひどい！　なんて真面目《まじめ》に言ったら、さすがに正気を疑われますもの)

それでも可哀想ムーブをすると、それだけでおかしな意見の人に同情する者もいる。

なのでリディー達はその手を早々に封じたのだ。

国王に助力を頼んで早期決着をつけることで。

「それでは、二人とも仲良くしたまえ」

国王はそう言うと、はっはっはと笑って立ち去る。

ジェラルドは黙って一礼して見送った。

「さ、こちらへ」

取り巻きに手を引かれて、悔しげな表情のままリディー達から離れていくマーガレット。

少し離れてから「泣いている女の子をいじめるなんて……」と文句を言う取り巻きも、他人に迷惑をかけたということを無視する質《たち》なのだろう。

ジェラルドは、今までにも婚約はしないと断っていたのだが、その言葉は耳に残らなかったらしい。

一体どういう思考回路なのかと思うが、考えたところで答えは出ないのだと思う。

それで決着がついた空気になったところだったが。

まだ納得できないマーガレットが、急に振り返ってリディーを攻撃してきた。

「ブスのくせに！」

「…………」

リディーは思わず息をのんでしまう。

たぶん、誰か他人がそう言われたのなら、冷静に反論できただろう。

美人ではなかったとしても、そんなひどいことを言わない美しい心栄《こころば》えとか、可愛らしい部分を挙げることだってできる。

でも、自分に対しての『ブス』という言葉は違った。

――ブスのくせに、似合わない派手な服着て。

――ブスのくせに、こっち見てる。

女性男性にかかわらず、前世での陰口を思い出してしまった。

特にそう言われることが多かったのは、学生の時だったり、通りすがりの衣服や化粧に力を注いでいるような人だったけど。

自分と価値観が違う人達が言ったことだとわかっていても、前世のリディーは傷ついた。

少しでも会う人を不快にさせないようマシに見えるようにと思っていたから、なおさら。

(生まれ変わったから、もうそんなことはないと思えるようになったはずなのに)

傷は記憶と共に引き継がれてしまった。

だからとっさに出た悪口だとわかっていても、苦しくなるのだ。

うつむきそうになった時、リディーを引き寄せてくれる人がいた。

ジェラルドだ。

「あなたより、よほど美しい人ですよ」

真剣な表情で言うジェラルドに、マーガレットはみる間に目に涙をためて走り去る。

「まぁ、わがままな子供みたいな……」

「さすがに結婚もできる年齢の令嬢がなさることではありませんわね」

ストレートな悪口だったからだろう、周囲はそうささやいていた。

リディーはようやく心が落ち着いて、ジェラルドに礼を言った。

「ご協力ありがとうございます、ジェラルド様」

きちんとリディーを庇《かば》ってくれた。

自分に味方してくれたことを思い出すだけで、温かな気持ちになる。

「いいえ。本当にあなたを美しいと思っていますから」

するりとジェラルドがそう応じた。

その言葉に、リディーはやや気恥ずかしくなる。

「どうかしましたか？」

思わずうつむいたせいで、ジェラルドを心配させてしまったらしい。

「いいえ、大丈夫ですわ」

「では美しい方。一曲、お相手していただけますか？」

会場の端にいる楽団が演奏を始めたことで、踊り出している人がいる。

ジェラルドからそれに交ざろうと言われて、リディーは受けることにした。

体を動かせば、気分も変わるだろう。

「はい」

大広間の中央は、ダンスホールのように人が囲んでいた。

その中で踊る男女の一組になって、リディーとジェラルドはステップを踏み出す。

リディーは、ダンスが下手《へた》でも特別上手《じょうず》でもない。

だけど「さすがカーティス侯爵！」と言われるよう教育されていたジェラルドは、とても上手だった。

リディーがうろおぼえの部分も、上手くリードしてくれる。

まるで背中に羽が生えたみたいだ、と思うほど、軽やかに回れる自分に驚いた。

「ジェラルド様は、とてもお上手でございますわ」

「そうですか？　あなたに褒めていただけるなら、今まで練習した甲斐《かい》がありました。ダンスはあまり好きではなくて」

「お好きじゃないのですか？」

踊っている間のジェラルドは、それほど嫌そうに見えないのに。

「ダンスを女性とするとなると、関係先の貴族夫人と踊るか、結婚相手となるでしょう。でも、昔から結婚に希望が持てなかったので」

「あ……。お父様のことで、ですか？」

放蕩《ほうとう》者だったというジェラルドの父。

ジェラルドはうなずいた。

「苦労していた母の姿をずっと見てきましたから。女性に対してどうこうという感情はないのですが、結婚生活が暗いものにしか思えなかったのです」

「理解できますわ。やはりお見本が幸せでいてくれないと、夢を描けませんものね」

「でも、信頼できる相手なら……恋愛ゆえの結婚をしてもいいのでは、と最近は思えるようになりましたよ」

「そうですね。信頼は大事……」

返事の途中で、リディーの言葉は止まってしまう。

ふいに見上げたジェラルドが、じっとこちらを見ていたからだ。

これから結婚する相手。

契約をしたから、そうするのに。

話の流れも、ジェラルドの表情も、まるで「信頼できるあなたとなら、恋愛がしたい」と言われているように感じてしまって。

つい、ジェラルドから視線をそらす。

（いやですわ。私ったら妄想しすぎではございませんか？　一年だけ妻役を演じてほしい、と頼まれただけですのよ。私に対する信頼も、恋愛感情からのものではありませんわ）

だけど思い出すのは、夜の二人きりの時間に言われた言葉。

結婚相手があなたで良かったと言われたこと。

さらに先ほど、リディーを美しいと言ってくれたことばかりだ。

ダンスのために握り合った手も、腰に回された腕も全てが気になり始める。

結局リディーは、ダンスが終わるまでそわそわとして落ち着かなかったのだった。

曲が終わって一礼すると、ジェラルドが言う。

「では目的は果たしましたので、帰りましょうか」

リディーはうなずいた。なんだか心が揺れすぎて疲れてしまったからだ。

「はい、そうしましょう」

そうして一緒に会場を出ようとしたのだが。

「ジェラルド」

彼を名前で呼ぶ声に、リディーはびっくりして振り返る。

声の主は、なんと王妃だった。

王妃は、さっぱりとした性格を表すように白と水色の紗《しゃ》を重ねたドレスを着ている。それが五十代に届くだろう年齢の王妃の艶《あで》やかさや、清廉《せいれん》な雰囲気を引き立てていて美しかった。

「王妃様」

ジェラルドと共に、リディーは深々と一礼する。

気さくな性格らしい王妃は、うふふと笑って言う。

「あまりかしこまらないで。ちょっとお願いしたいことがあって呼び止めたのよ。後で招待状も送ろうと思うのですけどね」

「お願い……招待状というと、パーティーへのご招待ですか？」

ジェラルドの言葉に、王妃はうなずく。

「あなたのお母様、ロアンナ様に久々に会いたいわ。先日、庭に出ていらしてお元気そうだったと他所《よそ》の令嬢から聞きましたの」

ジェラルドがチッと舌打ちした。

器用なことに、わずかな音だったのでリディー以外には気づかれなかっただろう。

ほがらかな表情で続ける王妃のずっと後ろに、リディー達の様子をじっと見ているマーガレットの姿が見えた。

(屋敷を見張っていた方々が、報告をなさったのかもしれませんわ)

ロアンナとて、連日屋敷の中だけにはいられない。

外で光を浴びないと、人というのは心が病んでしまうのだ。

……前世のように、ビタミンDなどがこの世界にもあるかはわからないが。そのあたりは魔力か何かに陽光が作用するか、陽光にも魔力があるのかのどちらかだろう。

「私、それを聞いて嬉しくて。三日前のパーティーでもみんなとそのお話をしたのですわ」

「えっ」

ジェラルドが「そんなに良い状態ではない」と言おうとしたようだが、折悪く王妃を侍女が呼びに来た。

「ああわかったわ。すぐ行きます」

そう返事をした王妃は、立ち去りながら告げた。

「十日後なの！　お願いね～」

瞬く間に遠ざかる。

そして衆人環視のパーティー会場で、焦《あせ》って追いすがるわけにもいかない。

「……十日後って。あまり良くない時期かと存じますわ」

新月になっての猫化騒動を乗り越えたばかりだ。

ということは、パーティーの開催日だと満月の変化時期に差し掛かるわけで。

ぼそりと言ったリディーに、ジェラルドが顔を手で覆った。


本来なら、国王の方に頼み込んで、ロアンナの病状が悪化したとでも言ってもらうべきなのだろう。

「婚約発表のために一度陛下には配慮をお願いしたばかりですからね。続けてお願いするのも難しいのです」

侯爵邸へ帰った後、着替えて早々にリディーとジェラルドは居室で相談をしていた。

使用人達は夜に備えて、臨戦態勢を整えているはずなので、二人きりだ。

「王妃様に直接、前日になってから体調不良だと連絡申し上げるのはいかがでしょう?」

「万が一の場合にはそうしますが……」

ジェラルドが心底嫌そうに告げた。

「そうしたら、王妃が直接侯爵邸へお見舞いに来る可能性が高いのです」

「ロアンナ様と王妃様は、そんなにも親しいのですか」

「はい。母親が従姉妹《いとこ》同士で。その縁で幼い頃から交流があるそうです」

「そこまで親密な知り合いとは……かなり難しいですね」

性格や行動を知り尽くしている相手は、ごまかそうとしても通じないことが多い。

「そして王妃は、こうと決めたらなかなか譲ってくださらない人です。他の貴婦人達にまで母上のことを話したというのだから、パーティーに来ると事前に知らせているんでしょう。それで欠席をすると……面会を断るのにも工作が必要になります。善意からだからこそ……」

「本心から心配して来る人の方が、厄介《やっかい》ですわよね。強引に止められませんもの」

何かしら言い訳を作るしかないが、どうするべきか。

「万が一の場合に、医師に止められて……とごまかすことはできますか?」

悩みつつリディーは提案してみる。

「一度それを実行しました。けれど母上が疲労以外に体に問題がなかったせいで、むしろ医師に不審を抱かれてしまって。僕が母上を閉じ込めているのでは、と怪しまれてひと騒動あったのです」

それでカーティス侯爵家のお抱え医師は変更するしかなくなり、その後は病気の時だけロアンナを診《み》てもらうようになったそうだ。

「それでは、私の家の医師を紹介いたしましょう。私が化粧品に必要な品を作っていることも、医師が発見した物質だと偽っていただいています。口も堅い方です」

リディーが化粧品に使い始めたのは、前世でよく見た化粧品に入れる成分だ。

特に美顔用クリームに入れた、ビタミンCのような物。

元々、薬草類の中に病気を治すために使う、乾燥させると粉末にしやすくなる柑橘《かんきつ》類があったのだ。

酸っぱすぎるので食品に混ぜて使っていたようだが、化粧品に入れて使うと、ビタミンCそっくりの効果が出る。

そしてこの世界にも、しみ、そばかすに悩む女性は多く、クリームは飛ぶように売れた。

が、その成分を発見したのがリディーだというのは隠していた。

貴族令嬢が見つけたというと、どうしても信憑《しんぴょう》性がなくなってしまうらしい。

庶民出身の使用人に聞いたり、あちこちで質問して聞いた結果、貴族令嬢がそんなものを見つけられるものか？　と疑ってしまうらしい。

しかも十代の女の子が発見したと言うと、ますます信用がなくなってしまう。

そこでリディーは、医者に代理になってもらったのだ。

代理になってもらった医師には、別の問題点も指摘された。

「効果が強いとわかれば、お嬢様の身柄を拘束したり、無理やり結婚しようとしたりと、よくないことが起こるでしょう。秘匿《ひとく》するのは当然ですね」と。

それらのあらましを語ると、ジェラルドもうなずいた。

「たしかにそれは、リディー嬢が発見したと言わないのが正解だと思います」

「はい。私も、その頃はまだ屋敷の警備にもお金を割《さ》くことができない状態でしたから、私だけでなく母にも害が及んだ時に守り切れないと思って、その医師にお願いしたのですわ。その医師が王家の専属医のお弟子様だったこともあって、手を出しにくいだろうと言ってくださったものですから」

「そうでしたか。それなら、協力してくれるかもしれませんね……」

リディーの話は魅力的だったらしい。

ジェラルドは少し考えて、うなずいた。

「基本的には、その医師に頼らせてもらう方向で行動しましょう。その後、王妃様が押しかけようとしたら、どうにか日延べできるようにして……」

そこまで話した時だった。

扉ががたんと音を立てる。

ちょうど扉を開けようとした、ロアンナの姿があった。

「あの、今日は変化しないみたいだから、お茶をと思ったのだけど……」

話を聞いてしまったらしいロアンナは、少し動揺しているようだ。

無理もない。

自分のせいで、子供を悩ませてしまっているのを見たら、そうもなる。

ジェラルドが困った顔で、ロアンナに事情を話した。

「母上、お知らせするのが遅れてすみません。王妃様から、母上にパーティーの招待状が届くようです」

「そう、そうだったの……」

内容についてはっきり聞いた方が、ロアンナとしては落ち着けたようだ。

今度は扉を閉め、お茶を運んでテーブルに並べだす。

「リディーシア様はミルクティーで良かったかしら？」

「はい、ありがとうございますわ。こちらで使っているミルクの質がいいのか、実家よりもおいしゅうございまして、つい飲みすぎてしまうくらいですの」

「喜んでくれて良かったわ。迷惑ばかりかけているから、少しでもあなたが心穏やかになる物を揃《そろ》えたいと思っているのよ。他にも気に入った物や遠慮したい物があったらおっしゃってね」

ロアンナは儚《はかな》く微笑み、ジェラルドにもカップを渡してから自分も席につく。

「パーティーは、いつ？」

「十日後です」

ジェラルドは隠すことなくロアンナに告げた。

ロアンナは動揺することもなく受け止め、対策を考え始める。

「確実に猫になってしまう日だわ……。病気で押し通すにしても、翌日に訪問されたりしたら困るし、気を遣ってお忍びで夜に訪問したこともあるのよ、あの人。変に気を回されると困るわ」

リディーは「うーん」と考える。

「それならむしろ、昼に訪問していただいた方がよいのではありませんか？　お義母《かあ》様」

時間指定をしたら、その時に来るだろう。

そう思ったが、甘かったようだ。

「王妃様は気の優しい人なのだけどね。気を遣いすぎて、時々とんでもないことをするのよ。前触れもなく」

婉曲《えんきょく》に言っているが、時間を勝手に変える恐れがあるということらしい。

王妃はかなり自由人のようだ。

「…………いっそ、領地で静養すると言って、どこかに隠れますか？」

本当に領地へ移動すると、その行程中に魔物に変化したり、そのまま山や森へ駆け去って見つからなくなる可能性も高い。

だから王都内のどこかに隠れではどうか？　とジェラルドは考えたらしい。

「その方がいいかしら……。ただ、ずっと屋敷で静養していた人間が、急にどこかへ行ったとなったら、国王が気を悪くするかもしれないわ」

たしかにそれは心配だった。

国王には、婚約発表をさせてもらったあげく、ブレア公爵令嬢マーガレットの起こす騒ぎに対処までしてもらったばかりだ。

なのに直前でロアンナが屋敷から逃げるようなことをしたら、今後、侯爵家と王家との関係が冷え込むかもしれない。

今後もロアンナ達のことを隠し通すにあたって、それではマズイだろう。

そこでジェラルドは、懐から小さな箱を取り出した。

「これを、まず試してもらえませんか？　母上」

「何なの？」

ロアンナが尋ねる。

「これは、精霊の祝福を受けた品なんです。母上が、僕の分の呪いを背負えたのも精霊の祝福を受けた品を持っていたからですし。もう一つ、『守り』の祝福を受けた品を使えば、母上を呪いから解放できるのではと思い、ルーヴェル王国から譲ってもらいました」

なるほど、ルーヴェル王国から受け取っていたのはこれだったようだ。

ジェラルドが開いてみせると、予想した通り、中身は指輪だった。

「試してみましょう」

ロアンナが指輪を手に取った。

リディー達はどきどきしながらそれを見守る。

(上手くいけば、呪いが解かれるけれど……)

その時には、たぶん呪いがかかった時の逆が起こるはず。

精霊のような白い影。それが出現し、ロアンナから離れていくのではないだろうか。

もしくは、何か祝福されたとわかるような現象――ロアンナが光に包まれるなど――が起こるとリディーは予想した。

いよいよロアンナが指輪をはめる。

一瞬、誰もが緊張感に息をのんだ。

しかし――何も起こらない。

数十秒経っても変化がないので、リディー達は肩の力を一度抜いた。

「強く願ってもだめでしょうか」

ジェラルド親子は、指輪をした手を握り合いしばらく目を閉じて念じていた。

でも、何も変化はないままだった。

「やはり呪いがかかった瞬間に、これを身に着けていないとだめなのでしょうか」

「そうかもしれないわ」

諦め顔で、ロアンナが指輪を外す。

「あの、少し見せていただいてもよろしいでしょうか？」

精霊の祝福を受けた指輪だ。リディーは、ぜひぜひじっくりと見てみたかった。

「もちろんどうぞ」

リディーはわくわくしながら受け取り、いろんな方向から眺める。

ついている宝石は、特別高価ではないラピスラズリだ。

輪の部分は金なので、指輪としてもそれなりの価値はあるが、精霊が祝福を与えたにしては地味な気がしないでもない。

（何か謎がありそう？）

そう思った時に目についたのは、指輪の内側に刻印された言葉だ。

——まーわるまーわるぐるぐるもとにもどすよ。

（なにかしらこれ？）

前世のひらがなだ。

この世界の人は読めないはずだけど、リディーにはわかる。

（どうしてこんなところで、ひらがな？）

「ジェラルド様、この指輪の祝福は何だったのかとか、そういうお話はルーヴェル王国側からお聞きになっていらっしゃいますか？」

リディーの質問に、ジェラルドは首を横に振る。

「ただ守りの祝福、と」

「ふむ」

リディーは指輪をもう一度ロアンナにはめてもらう。

「まーわるまーわるぐるぐるもとにもどすよ」

リディーは刻印されていたひらがなを口にしてみた。

すると指輪からふわっと白い煙が湧き出し、ロアンナが驚いてのけぞる。

瞬く間に、白い霧は手のひらほどの小さな人の姿になっていく。

水色の長めの髪に白い肌の、小さな男の子の姿だ。

「か、確保ですわー！」

精霊だ、今のうちに捕まえなくては！

リディーはとっさに声を出し、それに反応してジェラルドがとっさに掴《つか》んだ。

しかし煙のように掴めず、精霊は少し離れた場所に煙になって集まり、またその姿を現す。

『うくくく』

精霊は笑った。

まるでこちらを翻弄《ほんろう》して遊んでいるかのように。

ようやく少し冷静になったリディーが、自分で捕まえることにする。

むんずと握ると、今度は逃げられなかった。

精霊は、ぎょっとしている。

『え、なんでーどうしてー！』

「ふふふふ、捕まえましたわ！　さぁ教えるのですわ。精霊の呪いを解く方法を！」

『やだこの人間！　なんでボクのこと掴めるのコワー！』

ドン引きした顔をしている精霊に、ちょっとリディーは傷ついた。そのせいか口調が強くなってしまう。

「きりきり吐いてくださいませ！」

『ボクは戻すだけだよー！　ぐるぐる唱えればいいんだよー！』

「戻す……？」

『じゃあね！』

一瞬、考え込んでしまって手が緩んだ隙に、精霊はリディーの手を逃れていなくなってしまった。

「消えた……」

ジェラルドが、呆然《ぼうぜん》とロアンナの指輪を見つめる。

「精霊を、こんなにはっきり見たのは初めてだわ」

ロアンナはまじまじと指輪を見つめながら、ぽつりと感想をつぶやいた。

リディーも「びっくりした」と言いそうになったところで、ふいにロアンナが苦しみだす。

「ううう」

「ロアンナ様!?」

うずくまったロアンナの周囲にふわっと黒い影が浮かび上がる。

蜻蛉《かげろう》のような羽のある小さな人の姿に見える影だ。

「変化が始まる……」

黒い精霊の影がロアンナの中に吸い込まれるようにして消え、代わりに白い精霊の影が現れる。

すると、ロアンナの表面から黒い煙が発生し、その姿を隠していく。

そしてみる間に、ロアンナは巨大な猫の姿になった。

「まずい。リディー嬢、離れて！」

魔物になってしまったロアンナに襲われると思ったのだろう。

ジェラルドが慌てて、リディーを遠ざけようと抱きかかえる。

でもリディーは今こそ試そうと思った。

「まーわるまーわるぐるぐるもとにもどすよ！」

とんでもなく微妙な呪文だ。

意味を知っていて発言するのはなかなか恥ずかしいが、そうも言っていられない。

叫ぶように唱えると……。

「あっ」

黒い煙が魔物から出ていき、ふいに現れた白い精霊と黒い精霊の影が後退して、ロアンナの中に吸い込まれる。

やがてロアンナが元の姿に戻った。

「え、戻った……わ？」

ロアンナ自身が信じられないように、自分の手をまじまじと眺める。

先ほどまで、もふもふした可愛い猫の手になっていたのだから、びっくりして当然だろう。

リディーも、こんなにも効果がはっきり出ると思わなかったので、しばらく硬直していた。

そうしている間に、先に我に返ったジェラルドがリディーを抱きしめてきた。

「ありがとう、ありがとうリディー嬢！」

感謝の言葉と共にぎゅうぎゅうと締め上げられる。

「あの、苦しいですわジェラルド様！」

抗議すると、ジェラルドがようやく放してくれた。

「すまない。つい嬉しくて」

「わかりますけれど、手加減をお願いいたしますわ」

リディーは苦笑いするしかない。

喜ぶのも無理はないのだ。ずっと治すことができなかったのに、急に改善されたのだから。

ロアンナもようやく感動から覚めたようだ。

「ああ本当にありがとう、リディーシア様。なんとお礼を言えばいいことか……」

ロアンナは目に涙を浮かべている。

「いえいえ。ジェラルド様が指輪をルーヴェル王国から譲っていただいたおかげですわ。あれがなければ、精霊にヒントをもらえたりはしませんでしたもの」

「でも、聞き出そうというとっさの判断はリディーシア様のものですわ」

にこにことロアンナがリディーのことを褒めてくれる。

「それに、精霊が僕には掴めませんでした。リディー嬢がいなければ、捕まえて聞き出すなんてことはできなかったでしょう」

「そうですね。どうして掴めたんでしょう?」

言われて、リディーも疑問に思いつつ首をかしげた。

ただ少しだけ心当たりがないでもない。

(やっぱり、前世が違う世界の住人だったからかしら……?)

精霊もまた、別世界の住人だと言われている。

精霊世界との境界はあいまいで、時に混ざり合う瞬間に精霊がこの世界に入り込み、そのまま定着していったとかいう論を、本で見た記憶があった。

そんな理由かもしれない、と考えていると屋敷の中が騒がしくなる。

どたどたどた。

バタバタバタバタ。

「まてえええええ！」

最近慣れ親しんできた、夜の捕り物が始まったようだ。

「やっぱり、指輪を身に着けた人間だけなのかしら……？」

ロアンナが申し訳なさそうな表情をする。自分一人だけ人間に戻ってしまった……と思っているのだろう。

それなら試してみようと、リディー達は一匹を捕まえた。

いつもの閉じ込め部屋の中にロアンナと一緒に入り、例の呪文を唱えてみる。

「……だめですわね」

メイド服を着た猫の魔物――おそらくメイド長は、元に戻らなかった。

それどころかムカッとしたのか、ジェラルドに飛び掛かってひっかこうとしたぐらいだ。

メイド長を華麗に避《よ》けたジェラルドが提案する。

「他に、使えそうな精霊の祝福がある品を探してみましょう」

考えてみればここはカーティス侯爵家。

他にも精霊に祝福された品があるのだ。

リディー達は所蔵品庫へ向かう。

途中、ロアンナがいつもの姿だったことに驚いたサーシャも合流した。

「へぇ。精霊が祝福した指輪の効果か……」

魔術を習ったこともあるというサーシャは、ロアンナの指輪をしげしげと見ていた。

ロアンナはサーシャに指輪が見えやすいように手を上げている。

義理の祖母と孫の関係だが、二人とも慣れ親しんだ間柄のように自然だった。

気が合うからこそ、サーシャは養子に選ばれたんだろうなというのがうかがえる。

そして一番不安だった部分――。

「それで呪文が書いてあったって？」

サーシャは、あの時逃げ出すように立ち去ったリディーのことを、怒っていないようだった。

(告白したのに逃げられたら、ショックを受けると思っていたのですけれど……サーシャ様は鋼鉄の心でもお持ちなのかしら？　それとも海のように広い心をお持ちなのかもしれない)

そんなことを思っていると、ふっとサーシャがこちらを見て、嫣然《えんぜん》と微笑む。

さすがのリディーも察した。

(あ、あれは……諦めたわけじゃないのですわ)

むしろ、リディーの動揺をわかっていて、許容してくれているんだろう。

(な、なんか複雑ですの……。年下に気遣《きづか》われてしまったのですわ！)

配慮してもらったことが嫌なのではない。

怒ったりしていないなら、その方がいいのだ。

だけどこう、あちらばかり余裕というのも、なんだか妙な感じがする。

急に大人《おとな》びられた感じがして……。

「リディー嬢？」

ジェラルドに声をかけられ、所蔵品庫へ到着したと気づく。

「さ、さあ入りましょう！」

執事とメイド長を元に戻すために、目的の品を見つける方に専念する。

「それで、呪文が書いてあればいいのか？」

見つけるべき物について、詳細をサーシャが尋ねてくる。

「祝福の内容も気になります。ロアンナ様が身に着けていらっしゃるのは『守り』だったそうですので……それに類する、持ち主を守ってくれそうな祝福だとわかると良いかと」

それを聞いたロアンナがはっとした。

「ああ、なるほど。ジェラルドの呪いを引き受けた時、使ったのが『愛する者へ』と精霊から贈られた品だったと聞いています」

愛する者へ……指輪を持つ『愛する者』が子供という『愛する者』のために願ったから、ロアンナの祈りは実現されたのかもしれない。

「では、そういった祝福もいけそうですわね」

リディー達は祝福の内容や由来をチェックしていく。

しかし思ったような祝福がついている品はなかった。

「祝福の種類がわかる物自体、少ないですね……」

ジェラルドが嘆息する。

「仕方ないわ」

ロアンナも残念そうだった。

一通り見た後、全員で所蔵品庫を出る。

そこでサーシャが、素朴な疑問を口にした。

「そういえば、いつまで指輪の効果って続くんだ？」

リディーも「あ」と思う。

今日だけなのか。それとも指輪さえしていれば、毎日これが継続できるのか。

そしてサーシャは何かを察したから疑問を抱いたのかもしれない。

数秒後、急にロアンナがうずくまった。

「え、ロアンナ様!?」

「母上！」

リディー達が駆け寄る中、瞬く間にその姿が精霊の黒い煙に覆われ……。

「にぎゃあああああ！」

猫らしい叫びを上げて、ロアンナだった茶色の猫がリディー達の前から駆け去る。

「ロアンナ様が戻ってしまいましたわ!?　いえ、これは変化？」

「いいから早く捕まえるぞ！」

「母上！」

三人でばたばたと茶色の猫を追いかける。

リディーとサーシャで追い込み、そこから抜け出そうとしたところをジェラルドが抱えるようにして捕まえた。

「も、もう一度試しましょう！」

リディーはすぐに、あの呪文を唱えてみるが、今度は効かない。

「一回きりでしたの？」

ジェラルドも難しい表情になる。

「あれからだいたい一時間経ったか……。そうすると、一日一時間だけ戻るのかもしれません。もしくは、新月と満月の期間で一時間だけなのか……」

それによって、かなりの差がある。

しかし一時間ではパーティーへ行って戻って来るのも難しい。

すると事情を聞いていたサーシャが言った。

「もう一度精霊を呼び出せないのか？　もしかしたら吐かせられるかもしれないだろう」

それを聞いて、リディーは一度ロアンナの指輪を貸してもらう。

ロアンナは所定の部屋に入ってもらい、従僕達に見張りをお願いした後、三人で居室へ。

走り回ったので一杯の水を飲んで落ち着いたところで、精霊を呼び出すことにした。

「考えてみれば、逃げてしまったからといって、二度と呼び出せないわけではありませんものね」

そして指輪を持ち、例の呪文を唱えてみる。

…………。

「出てきませんわね」

「なぜでしょう？」

首をかしげるリディーに、サーシャが手を差し出す。

「俺も試してみる」

違う人が唱えれば、また違う結果が出るかもしれないと思い、リディーは同意した。

「では、『まーわるまーわるぐるぐるもとにもどすよ』と唱えてください」

「まわ!?」

サーシャは目を丸くした。

「あの、恥ずかしいかもしれませんが……」

「そうじゃなくて、聞き取りにくかったんだよ」

成人間近の男性が、ぐるぐると言うのは恥ずかしいのかと思ったが、違ったらしい。

（あ、もしかして前世でいうひらがなで書かれているから、前世の言葉をそのまま言っているような状態なのかしら？）

この世界の言語は少々違う。それならサーシャ達は、日本語の音の並びは違和感があるだろう。

リディーも無意識に日本語で話していたようだ。

あらためて、リディーはゆっくりと短い呪文をサーシャに教えた。

サーシャは困惑した表情をしつつも唱える。

「まーわる、まーわる、ぐるぐる、もとにもどすよ」

指輪が反応した。

白い煙が湧き出し、瞬く間に白い霧が精霊の姿になっていく。

やがて現れたのは、水色の少し長めの髪に、白い肌の小さな男の子の姿。

同じ精霊だ。

精霊はふっと周囲の人間を見て、ぎょっとする。

『違う人間に呼ばれたと思ったのにー！』

「確保いたしますわ！」

リディーがむぎゅっと掴む。

逃げられないと悟った精霊は、がくっとうなだれた。

『また……コワいのに捕まった……』

ひどい言われようだが、リディーは無視する。

「さて精霊さん、呪われた人の姿を取り戻せるのは、一時間だけでしたの。この時間をもっと伸ばしたいのですが？」

『戻す方法おしえたじゃーん！』

「短すぎですのよ！　一時間しか持ちませんの！」

『ぐぇ』

ちょっと気持ちが入りすぎて、手に力を込めすぎたようだ。

でも同情して緩めたとたんに逃げそうなので、微妙な緩め方にする。

『精霊なのに殺されそうだよぉ……』

「さぁさぁ！　早く延長方法を！　とっても長い時間持つように！　あと毎日いつでも何回も使えると良いですわね！」

『わがままー！』

「人生かかってますのよ！　知ったことではございませんわ！」

ぎゃあぎゃあと精霊とやり合った末、ようやく精霊が吐く。

『逆、逆に唱えればー？　毎日ならだいじょうぶだとおもうけど！』

「嘘だったら許しませんわよ？」

『嘘ついてない、だいじょうぶだってば！』

「いまいち信用しきれませんが……いいでしょう」

リディーが手を緩めると、すぐに精霊が抜け出して消える。

「ふう。まずはこれを試してみましょう……か？」

精霊が消えてしまったので、リディーはジェラルド達の方を向いたのだが。

ジェラルドが、なぜか笑いをこらえるように口に手を当てて肩を震わせていて。

サーシャはドン引きした目をリディーに向けて、少し距離をとっていた。

「どうなさいましたの？　お二人とも」

「いや、なかなか、君は力強い人だなと思って。本当に素敵でした」

ジェラルドの言葉に、どうやら精霊との喧嘩《けんか》が激しかったようだとわかる。

でも、そんな自分が素敵だと言われて、リディーはなんだか頬が熱くなる気がした。

一方サーシャは、そんなジェラルドにも「うわっ」と嫌そうな目を向けた。

「いくらなんでも脅し慣れすぎてるし、それを少しは諌《いさ》めた方がいいだろ……」

「必要ありませんよ。言う相手はきちんと区別していらっしゃるでしょうから」

ジェラルドに自信満々に言われて、サーシャは妙に拗《す》ねた表情になる。

「なんだよ、自分が一番わかってるみたいな言い方して」

「当然ですよ。夫婦になるんですから」

微笑むジェラルドに、サーシャがうろんげな視線を向けた。

「少し、話し合いが必要な気がするんだ。養父上《ちちうえ》」

「私もそう思っていたところです、サーシャ」

なんだか二人の空気がピリピリしているような気がしたリディーは、慌ててその雰囲気をかき消す。

「と、とにかく試しましょう！」

結果――ロアンナは、三時間ほど人の姿を保てるようになった。

精霊が毎日使えると言っていたので、限界が一日一回、三時間までなのだろう。

「これで、なんとかできます」

ジェラルドが宣言し、ロアンナのパーティー出席が決まった。

## その頃彼は　四

呪いを退ける効果時間を確認していたら、もう明け方になっていた。

日が昇り切らないうちにリディーとロアンナを部屋に帰したジェラルドは、自分もと部屋に戻ろうとしたサーシャの前で、壁に手を突く。

「話をしよう、養子殿」

「……いいよ」

サーシャも何の話をするつもりなのかを察し、口の端を上げる。

「とりあえず、今後も一緒に暮らしていくにあたって、ルールを決めませんか？　僕としては、夫婦関係に溝を入れないようにしてほしいというのが要望なのですが」

ジェラルドが要求を口にすると、

「まだ夫婦じゃないだろ」

サーシャがすぐさま否定してくる。

「だが間もなく夫婦になるし、それを君が変更できるわけでもありません。三時間持つ方法が見つかったとはいえ、母上やゲラン達が変化する呪いは解けていませんから。その秘密に、君が爵位を継ぐまで目を向かせないためにも、僕は急いで結婚しなくてはならない。そして結婚相手を変えてしまうと勘ぐられてしまうでしょう」

まだブレア公爵令嬢がぐずぐずと恨み言を言っているので、ジェラルドとしても注意していかなくてはと思っている。

するとサーシャは苦虫を噛《か》み潰《つぶ》したような表情になった。

「俺がもう一年早く生まれていれば……」

悔しげなサーシャ。

でもその表情を見ても、ジェラルドは優越感などなかった。

すぐに感じたのは、同情だ。

自分もまた、何度も同じ表情で呪いのことを、父親のことをもっとどうにかできなかったのかと後悔したことを思い出してしまったから。

(呪いのことがなければ、もっと早くリディー嬢に声をかけることだってできたのだから)

すぐに彼女に協力を頼めなかったのは——みっともないと思ったからだ。

彼女の前で、ジェラルドはそれなりに完璧でありたかった。

呪いを受けた身内がいて、それを必死に隠そうとしている自分では、リディーに大手を振って援助できるような立場ではない。

そんなみじめな自分を認めたくなくて、彼女の邪魔をしてはいけないなどと思うようにして、自分を騙《だま》していた。

でもぐずぐずしているうちに、リディーは自らの力で問題を解決してしまったため、なおさら言い出しにくくなっていたのだ。

そんな自分でもいいと思いきれたのは、リディーが見合いをしているとわかったあの瞬間だ。

——絶対に取られたくない。

そう、ようやく決意できたから。

こんなにも長年いじけていた自分が、サーシャに勝てたとは思わない。

一つだけ違うのは、先にリディーとの結婚を約束できたことだけだ。

だからつい、漏らしてしまう。

「サーシャが彼女と先に再会していたら、違ったんでしょうね」

リディーは私的なことに関しては、押しに弱い部分がある。

だからこそ、契約結婚の話を強引に進めることもできた。

言われたサーシャの方は、むっとした表情になった。同情されたと思ったのかもしれない。

「でも、リディーは王都にいても貴族のパーティーには頻繁に出てなかったらしいじゃないか。出ても、侯爵家が出席しないような、もっと化粧品を売りやすそうな小さな家のパーティーだろ。しかも学院にも通っている年齢じゃないし。どうやっても会えないわけだよ」

最後の方は、諦めがにじむものの、冷静な意見だった。

「もっと悪いことに、俺が王都に来たのも一年前。遭遇する機会がなさすぎる」

ジェラルドはサーシャの意見を聞きながら、これが運というものなのかもしれない、と感じる。

先に出会っていても、約束していても、叶《かな》わないことはある。

だからこそ自分は、チャンスを逃さずに結婚を約束できたことを、大切にしていくべきだ。

そう思いつつ、悔しがるサーシャに宣言した。

「僕はリディー嬢に離婚されないようにするだけです」

するとサーシャもハッとした表情になり、言い返してくる。

「一年後に俺が当主になったら、リディーには改めて侯爵夫人になってもらう」

サーシャのやる気に満ちた眼差《まなざ》しを、ジェラルドは小気味良いとさえ感じた。

過去のことは変えようがない。今後のことを考えなければと思ったのだろう。

サーシャは態度こそ悪いものの、こうして冷静に考えられるところが気に入って、養子にすると決めたのだ。

だからといって、手加減はしない。

「やれるものなら」

そう言って、ジェラルドは部屋を去る。

幸運を手放すなんてことを、する気はなかったから。

# 五章　結婚式の日は大騒ぎ

あれから、ロアンナが人の姿を保てる時間を何度も確認した。

きっちり三時間、間違いなく呪文の効果は出た。

「三時間あれば大丈夫だ」

そうジェラルドが判断し、当日、ロアンナはパーティーへ向かった。

念のため、病弱なのは変わらないのだからという理由をつけ、ジェラルドが付き添った。

これは万が一、王妃に時間を引き延ばされた時に助けるためでもある。

それでも心配で、リディーは屋敷でやきもきしながら二人を待った。

本当はリディーも行きたかったが、結婚前のリディーが付き添う理由がない。

それがもどかしかったが、三時間が過ぎる前に、無事に二人は帰ってきた。

「おかえりなさいませ、ジェラルド様、ロアンナ様」

夜中前に帰ってきたので、エントランスで出迎えたリディーだったが、二人とも少々浮かない表情をしている。

「何かあったのですか？」

尋ねたリディーに、ジェラルドが教えてくれた。

「パーティーは滞りなかったんですが……。ペルカ子爵が、リディー嬢の家の商品について評判を落とす噂《うわさ》をばらまいていたようなのです」

ロアンナもうなずいたので、聞き違えではないらしい。

「まだ、あの方が絡んでくるのですね……」

リディーはぎゅっと手を握り締めた。


その日は、ロアンナも久しぶりのパーティーで疲れているとのこと。

急いでも仕方ないことなので、翌日になってから詳細を聞くことになった。

そして朝食が終わったところで、リディーはジェラルドから話を聞いた。

「ではペルカ子爵は、私の家の商品で被害を受けたと言いふらしているのですか」

ジェラルドがうなずく。

「婚約の話をもらった時に贈られた品が……と、そういう話をする参加者がいたんだ」

パーティーでその話をされたらしい。

リディーは眉をひそめる。

「王妃様が、初耳だし、話をしてみてもそんなことをする令嬢には思えなかったとおっしゃってくれました」

「もちろんでございますわ。お話を持ち掛けた方に、うちの商品を贈ったことはございませんもの」

たしか仲介の親戚が三人ぐらい声掛けをしてくれていた。その際に、モートン家の商品は手《て》土産《みやげ》にしないようお願いしていたのだ。

自社商品を贈ったら、お断りしたい人にとってはマイナスイメージが商品とセットでついてしまう。

婚約とモートン化粧品を別に考えてほしいリディーとしては、それだけはしてほしくなかったのだ。

「じゃあ、渡してないって証言は手に入れられるし、噂話大好きな貴族にも頼んで、証言してくれる人と一緒にパーティーに出席してもらって広めてもらえば？」

お行儀悪く伸びをしたサーシャの言葉に、ロアンナはうなずく。

「そうね。何人か心当たりがあるので、仲人《なこうど》の方とお見合いの依頼をした相手をご紹介いただけるかしら、リディーシア様？」

「はい、よろしくお願いいたしますわ」

前カーティス侯爵夫人にして、王妃のお友達であるロアンナが間に入った方が、こういったことは進めやすい。

ロアンナの方が人脈を持っているから、話の通りが違うのだ。

「とはいえ、一度ついた印象というのはなかなか薄れませんわ」

今まで何の問題もなく使っていた物でも、悪い評判を聞いたとたんにやめてしまう人は多い。

(このままでは、噂が収まっても……売上は落ちるし、今後の展開も相当のテコ入れが必要になるのですわ)

商品の良さだけで意識を塗り替えるには相当な効果があるか、売り方や化粧品の入れ物などに『それでも買いたい』と思うほどの衝撃が必要になる。

今、そこまでできる案はリディーにはなかった。

「何より一番問題なのは……。噂になってしまったことで、本当に私の価値が落ちてしまっていることでございますわ」

「君の価値が落ちることなんて……」

ジェラルドが否定しようとしてくれる。

優しい気持ちに、リディーは微笑《ほほえ》みつつ首を横に振った。

「悪い噂を聞いた後では、それが嘘《うそ》だったとわかっても『なんとなく悪いことがあった人』のまま認識されてしまうことも多いのです」

リディーは知っている。

理由さえ忘れてしまったとしても、印象だけは頭の片隅に残るものだ。

だからこそ厄介《やっかい》である。

そして悪い印象を抱《いだ》くと、とにかく忌避して遠ざかるのが普通だ。

「カーティス侯爵家の力があれば、どうにかできるんじゃないのか？」

サーシャはそう言う。

もちろん元気づけようとしてのことだと思う。

でも真剣な話だからこそ、リディーはそれを否定しなければならない。

彼らの気持ちを和《やわ》らげるための嘘をついた結果、カーティス侯爵家も問題視されてしまうのは防止したい。

「それは難しいでしょう」

「なんで……」

サーシャは不満そうだ。

「ロアンナ様達の精霊の呪いについて漏れないようにしているのは……カーティス侯爵家の力では、悪い印象を払拭しきれないのを知っているからでございましょう？　精霊に呪われた、というだけでも、人々は負の印象を抱きます。前侯爵様のせいであり、ロアンナ様が被害者だと知っても、人は印象を下げたままにしますわ」

ジェラルドは悔しげな表情になり、ロアンナはうつむく。

サーシャも黙って口を引き結んだ。

「私の場合は、このままでは結婚の利点が失われかねない、のが問題ですわね」

「結婚の利点が？　どの部分ですか？」

ジェラルドが冷静に尋ねてくれる。

「私の価値が落ちますと、ふさわしくない人物が侯爵夫人になった、と見られてしまいます。そうすると、離婚して自分と結婚するべきだと……もう一度ブレア公爵令嬢も押しかけてくるでしょうし、収まり始めていた女性達の侵入も再開されるかもしれませんわ」

特に夜の侵入が厄介だ。

モートン家にケチがついたとたんに、リディーよりも我が家の方が上だと感じ、自分を選んでほしいと思う女性が現れてしまうだろう。

リディーの言葉に、全員が黙り込む。

打開策を持っていないリディーも、何も言えない。

「……何か、方法がないかもう少し考えましょう」

だからロアンナのその言葉で、ひとまず朝食の席は解散することになった。

ジェラルドが眠そうなロアンナを支えていき、リディーが席を立つ。

すると、食事は終わっているのに、頬杖《ほおづえ》をついて何かを考えていたサーシャが声をかけてきた。

「何か、案はあるのか？」

リディーは首を横に振る。

「今結婚を撤回しても、悪印象が増すだけですから、それもできません。だから対策としては、結婚後にジェラルド様に誰も文句がつけようのない恋人を作っていただくか……。サーシャ様に、誰かが物申せないほどの婚約者を……」

「俺は嫌だ」

サーシャは即答した。

リディーは困惑する。

「まだ、私に宣言したことを実行なさろうとお考えでしょうか？」

「約束したからじゃない。俺がそうしたいからだ」

諦めないサーシャに、リディーもそろそろわかってほしくて苛立《いらだ》つ。

「不名誉を背負った女なんて、欠点にしかなりません。無価値ですわ。ましてや、後ろ暗い秘密を持つ家で抱え込むのは危険です。いずれ侯爵家の当主となり、ロアンナ様のことを隠し続けたいなら、賢明な判断とは思えませんわ」

しかしサーシャはあっさり答える。

「価値は俺が知ってる。リディーは極限状態でも、誰かに優しくできる人間だ。だから俺は結婚したいと思った」

「私がいることで、ロアンナ様を守れなくなるかもしれませんのよ？」

「それならジェラルドさんに、一年後になってから別の人と結婚してもらえばいい。離婚したリディーは俺と結婚して、式を挙げずにひっそりと暮らせばいい」

サーシャはとんでもないことを言い出した。

公表さえしなければ誰にもわからないので、欠点になどならない、と。

策としては使えるかもしれない。

けど、瞬間的に思い出してしまうのだ。

——あなたと結婚できることになって、本当に良かった、と言ったジェラルドの表情を。

自分との結婚を、利害ではない部分で喜んでくれた。

その気持ちを裏切るみたいで、サーシャに提示された逃げ道を使うのをためらう。

（それに私が、サーシャ様のことを好きなら、この案をのむのでしょうけど……）

自分がそれほどサーシャに恋できるのか、わからない。

強く望まれているし、それを嬉《うれ》しいとは思う。

だけど自分の気持ち的に「それでいいのかしら？」と思ってしまうのだ。

「あの、考えさせてください」

リディーはとにかく考えをまとめたくて、食堂を出た。

部屋に戻る途中、リディーはふと立ち止まって窓の外を見る。

広い侯爵家の庭と遠くに塀が望める。

最初の数日は、あの塀によじのぼろうとする他家の令嬢が、侯爵家の私兵に引きずりおろされる姿を何度か見かけたが、すっかりいなくなっていた。

役に立ったとリディーは嬉しかったのだ。

(私が、普通の恋人として望まれるなんて、どうしても想像できなくて)

商売が上手《うま》くいった後は、商人としての能力を買われるか、利権が欲しくて求婚されるだろうなということは想像できた。

でもそこ止まりだった。

今世のリディーはそれほどひどい容姿ではない。

とはいっても、誰もが振り返る美人ではない限り、一目ぼれして求婚されたり、好みだからと付き合ってほしいと言われるなんてありえないと思っていたし、実際にお見合いをしなければならないほど求婚の申し出なんてもらったことがない。

「だから、塀によじのぼってでも顔を合わせれば、自分を好きになってくれるかもしれないと思える彼女達のことを、内心ですごいと思っていたのですわ」

リディーだったら、そんな真似《まね》はできない。

きっとすげなくされるし、そうしたらますます自分がみじめになりそうで怖くてできそうにないから。

「今までは商売が成功したから、そこをよりどころにできたけど……」

もう、その手が使えない。

だから自分の価値がわからなくて、道に迷った気分になっているのだ。

「やっぱり……代理になる方を探すべきよね。私よりも美人で、確実に他の女性が太刀打ちできない人……」

ジェラルドに必要なのは、秘密を守れて、他の令嬢達を圧倒して黙らせられる婚約者だ。

女性にとって一番敵《かな》わないと思わせられるのは、ぱっと見でわかる本人の容姿や声などの美質だろう。人は心の美しさが大事などと口では評価する。でも結局は見た目が十割近く印象を左右してしまうのだ。

見た目の威力があったら、リディーのように商売の実績などを持ち出す必要がない。

「お義母《かあ》様の伝手《つて》で探していただこうかしら。結婚式も、申し訳ないけどお義母様が急病で中止になったことにして……」

誰もが納得する美人を探せたら、モートン家と侯爵家の総力を挙げて、人々が感動する話でもでっちあげるのだ。そうしたら、十分に誰もが納得する結婚という形を整えられるだろう。

思わずつぶやいた言葉だったが、思いがけず返事が背後からあった。

「嫌ですよ」

どきっとした。

ジェラルドの声だとわかったが、振り向く前に両肩に手を置かれた。

「他の人なんて信用できません」

ジェラルドの声が、頭上、ほんの近くから響く。

顔が、自分の髪に触れている感覚があった。

（えっ、えっ、なんですのこれ!?）

リディーは頭が真っ白になりかけた。

こんな風に異性と接するのは小さい頃以来だ。

具体的には亡き父と祖父ぐらい。

ジェラルドの目的がわからない。

「あの、代理のお話がですか？」

「もちろんです」

ジェラルドが肯定する。

「せっかく魔物にも、精霊にも知見がある、素晴らしい方を妻に迎えるというのに。なぜ代理が必要なのですか？」

「先ほども申し上げたように、私では防波堤になれなくなってしまって……」

「それは他の方法を考えましょう」

「でも、他の方法がなかったらどうなさいますか？」

リディーはジェラルドの手を振り払う勢いで彼の方を向く。

しかしジェラルドは動じた表情も見せなかった。

「それでも、母上のことを他の方に秘密にするにあたって、あなた以上の適任者はいません」

「今なら指輪の力があれば、どうにでもごまかせますわ」

でもジェラルドは首を横に振る。

「誰であっても、あなた以上に精霊の呪いをこれ以上研究してくれる侯爵夫人にはなりえません」

「それは今後もご協力いたしますわ。個人的に興味もありますから……」

それで納得してくれるだろうとリディーは思っていた。

なにせジェラルドがリディーを結婚相手に選んだのは、すべては精霊の呪いを隠すため。

対策ができれば、自分と結婚する必要はないはずだったのに。

「ですが、あなただけが不利な噂を流されたままになってしまいます」

「噂の一つや二つ、平気ですわ。商売についてはおいおい、侯爵家からも否定していただければ、いずれ消えますとも」

リディーは安心させるために微笑んだ。

「そもそも、ジェラルド様が他の方と結婚するという噂が立てば、私のことなんてみんな忘れることでしょう」

するとジェラルドが真剣な表情になる。

とうとう決断するのか……とリディーは思ったが、違った。

一瞬でジェラルドが近づく。

そして唇をふさがれた。

リディーは一瞬、頭が真っ白になる。

こんなことが自分の人生に起こるなんて、想像もしていなかったから。

（……ジェラルド様は、血迷っているだけ？）

これからも協力する、という言葉を信じられないだけかもしれない。だから逃すまいとしているのでは？　そんな疑惑が心によぎる。

だから顔が離れた後、切なげな表情をするジェラルドに言ったのだ。

「ああああの、落ち着いてください、こんなことしなくても誰かに話を広めたりしませんわ！」

リディー自身も全く落ち着いてなどいなかった。

「至極落ち着いていますよ、僕は」

ジェラルドの方は、言葉通り余裕のある状態だ。

でもここで押し負けるわけにはいかない。

「ええと、いえ、混乱してますわ！　お相手がよりどりみどりのジェラルド様が、私に色仕掛けする理由がありませんのよ！　もっとお綺麗《きれい》な、あなたの隣に並んでも遜色《そんしょく》のない方がいつか見つかりますわ！」

言い切ったら、ジェラルドがいたずらをする猫を見るような表情になった。

「あなた以外にいないと、申し上げたのに」

響きの良い声で言われて、リディーだって心が揺るがないわけではない。

でも似たようなセリフをサーシャからも言われていたリディーは、多少なりと耐性があったので踏みとどまる。

「あの、きっと他に私よりも虫よけに最適な方がいますとも！　だから落ち着いて……」

そこまで言ったところで、ジェラルドの視線がすっと凍り付くようなものになった。

だけど口元は微笑み続けている。

（……怒らせすぎてしまった？）

人は、自分の思考と違うことを主張され続けると怒るものだ。

ましてや恋の告白を、勘違いだと言われ続けたら、そうなっても仕方ない。

だけど言わずにいられなかったのだ。

（この後はもしかして、婚約破棄から商売の出資も停止コースかしら……）

リディーは思わず、実家の商売の心配をしてしまいそうになるが、ジェラルドの反応は違った。

「じっくりとそのあたりについて、齟齬《そご》を埋めましょう」

宣言したジェラルドは、なぜか手を叩《たた》いて使用人を呼ぶ。

離れた場所にいたのだろう。すぐにアシナが駆け寄ってきた。

「これから外出する。リディー嬢にも着替えを」

「承知いたしました」

アシナが受諾する。

「え、どちらへお出かけするのです？」

尋ねたリディーに、ジェラルドがいい笑顔で答えた。

「王都内を回りましょう」

一体どうしてと思うが、ジェラルドに急ぐように言われたアシナに背中を押される。

そうして外出着に着替えたリディーは、ジェラルドと一緒に馬車に乗ったのだった。


馬車で運ばれる間、ジェラルドは特に何も言わない。

「どちらへ行かれるんですの？」

「到着したらわかりますよ。リディー嬢も知っている場所です」

聞いてもはぐらかされるばかりだ。

知ってる場所なら言ってくれればいいのにと思っていると、間もなく到着した。

そして、意外な場所だった。

「学院……」

リディーが一年だけ通った学院だ。

灰色の石をアーチ型に積み上げた、苔《こけ》むして蔦《つた》が這《は》う古い門。

馬車でそこを潜《くぐ》り抜けると、そこは広い庭園になっている。

といっても、王宮のように整備されているわけではない。時々木立がある花も何もない庭だ。

午前の授業が始まっているせいか、人の姿はない。

馬車を降りて歩きながら、リディーはあちこちを見回してしまう。

「懐かしいですわね……」

前庭の木陰に置かれたベンチ。

そこに座るのが好きだったのをリディーは思い出す。

陽《ひ》があまり射さないので、夏でも涼しかったからお気に入りだった。

ジェラルドは手近なベンチに座り、リディーも隣に座る。

「あの、どうしてここへ？」

「ことの始まりについて話すなら、ここの方が納得してもらえると思いました」

「始まり、ですの？」

ジェラルドはうなずく。

「あなたを最初に見かけたのは学院でした。僕は、母上から政略結婚しそうな相手の性格ぐらいは把握しておくように言われていました。よりマシな相手を選別できるように」

なるほどとリディーは納得する。

ジェラルドのような貴族は、人を観察する目的で学院に来るのか。

「通ってみてびっくりしました。僕にとっては政略結婚対象外の女性達が、見初《みそ》められようと押しかけてくるんですから」

リディーは苦笑いする。

王都の学院へ通う女子は玉の輿《こし》を目指している人が多かった。

リディーのいた頃は特に、その傾向が強かったと聞いた。

「だから、結婚の全てを無視して生きているようなあなたが、目についた」

「あー……。あの頃は本当に何も考えていなかったのです。結婚相手を探せとは言われておりましたが、おいおいでいいと思っていたのですわ」

ジェラルドは小さく笑う。

「そのようですね。ただ目についたからこそ、あなたが一体何に夢中になっているのかと気になったり、後から同じ本を借りたこともありました」

「面白《おもしろ》かったですか？」

あら同好の士かしら？　とリディーは聞いてみる。

「……後で、母上に問題が起きた時に役立ちました。知識として」

同好の士ではなかったのが、ちょっと寂しいリディーだった。

「でも、読んでみた僕は、『精霊侯爵家』と呼ばれる家の直系なのに、精霊についてあなたより知らなかったことに気づいた」

「身近すぎると、かえって興味が湧かないこともありますわよね」

うんうんと同意してみせる。

「ええ。そしてこれをきっかけに、深く調べるようになりました。その時から……あなたは僕にとって人生の道標《みちしるべ》のような人になったのです」

「え、そこまでですの？」

人生の道標とか、大それた表現だと思うが、ジェラルドは本気のようだ。

「本の話だけではありません。ブレア公爵令嬢の婚約の話を拒否した時、あなたが断る言葉が聞こえて、僕は今こそはっきりと示さなくてはならないと決心できた。おかげで、彼女の件についてては早めに収束させることができました」

「それはたまたま……」

「あなたの声だったからです」

否定の言葉を言わせず、ジェラルドが続けた。

「この学院で見かけた時から、好ましいと思っていました。あなたの声を、ずっと覚えているぐらいに」

「この、好ましい、ですか？」

ジェラルドがふと木に目を向けてから、リディーの方へ身を乗り出した。

「学院で、あなたの後を追うように本を読んでいた頃に気づくべきでした。本当は当時から、あなた以外には考えられなくなっていたのです。それに気づいたのは、学院からあなたがいなくなった後だった……。リディー嬢、他の女を探したりしないでください」

切なげな表情で言われて頭が混乱しつつも、リディーは理解する。

ジェラルドはさっき、傷ついたのだと。

真剣に『好み』の相手に『ずっと一緒にいよう』と言ったのに『他の相手』を探そうと言われたら辛《つら》いだろう。

「でも、ジェラルド様達が無用な荷物を背負うのを見るのは、辛いです」

利害関係の一致ということは、お互いに利益があるから手を結ぶということだ。

それなのにリディーだけが荷物になってしまう。

しかもジェラルドはそのせいで、辛い思いをするだろう。

(苦しむこの方の姿を、見たくないのですわ)

リディーはうつむきそうになる。

「大丈夫です。信じてください」

ジェラルドはそう言って、さらに距離を縮めた。

逃げ出す間もない、一瞬の口づけ。

いや、違う。

――逃げたくなかった。

本当にジェラルドが、もう一度自分にキスをしてくれるのか試したかった。

リディーのことを好きだと、もう一度示してほしいと思ってしまったのだ。

自分の気持ちが混乱に拍車をかけていくようだった。

叫び出しそうになったリディーだったが、それより先に、自分の背後で黄色い声が上がってびっくりする。

「えっ」

振り返ると、学院生らしい年齢の男女が十数人、あちこちの木にかくれたり、通りがかりながらこちらを見ていた。

リディーが振り返ったとたん、ヤバっという表情で遠ざかっていくが……。

(見られた!?)

「えっ、ちょっ、これは……」

パニックになりながら、助けを求めてジェラルドの方を見る。

「みみみ、こんなに沢山《たくさん》の人に見られるだなんて！　どうなさるんですの!?」

しかしジェラルドの方はどこ吹く風といった様子だ。

「どうもしませんよ。見てもらいたいと思って学院の敷地内に入ったわけですから」

「見てもらうって、広まってしまいますのよ!?」

学院生同士で集まっているから、今まさに話を広められているだろう。

話を聞いた学院生は親に話すだろうし、その親も『昨日聞いたんですけれど』と、他の貴族に伝えてしまう。

ジェラルドは、それでいいと言い出す。

「皆が騒ぐような大恋愛話が広まれば、僕があなたと結婚するのも『そんなにも好きなら』と納得するでしょう。だから見せつけたわけです。それに衝撃的な話というのは、他の噂話を圧倒して押し流してしまいます。よって、あなたの家の商品に対する噂どころではなくなるでしょう。そんな困難があっても好き合っている二人、という話で持ち切りになるでしょうから」

「わざとですの!?　で、でもこんなに広めたら、来年の離婚が……」

「別にしなくてもいいんです」

ジェラルドが至極魅惑的な笑みを浮かべたので、リディーはふと見とれてしまう。

顔の良い男は恐ろしい。

それを思い知った気がしたけど……悪い気がしない自分も、かなり末期なのではないかとリディーは感じる。

「一年が過ぎた後も、続けてみませんか？」

「り、理由がありませんわ」

だってジェラルドはリディーに恋していないのに。

「それならもっとわかりやすく申し上げましょう、リディー」

ジェラルドが初めて、リディーを呼び捨てにする。

それが妙に、心臓にきた。

息をつめたリディーに、ジェラルドはささやく。

「僕は、あなたがずっと好きだったみたいです。だから、契約はさておき、あなたを妻にできることが嬉しいのです。だから、ずっと一緒にいてください」

今度は逃げないように、肩と頭の後ろに手を添えられる。

三度目の口づけをした時、リディーは悔しいながらも認めざるを得なかった。

ジェラルドから、自分は逃げたくないんだということを。

※※※

その後、噂はジェラルドやリディーが思うより大きく広まった。

——カーティス侯爵の大恋愛。

学院での目撃談はその日のうちに、王都中に広まったようだ。

それに便乗し、その日の夕方に知己《ちき》の元へロアンナが訪問して、さらに話を盛った。

ペルカ子爵に『噂をばらまかれるのが嫌なら自分と結婚しろ』と言われ、リディーが泣いていたらしいと。

翌日には噂が合わさって醸成され、『カーティス侯爵が婚約者を取られまいとして、周囲に見せつけたのが、学院での一件だった』という形になっていた。

絵にかいたような『二人の男性に取り合われる女性』というゴシップは、他に目立つ話題がなかったために、市井《しせい》にまで広まった。

そしてカーティス侯爵の恋愛相手が、市井の人々が愛用するモートン化粧品を立ち上げた令嬢だったことで、かなり好意的なシンデレラストーリーとして浸透しているらしい。

リディーの母からは『販売数が上がっているわ！』という嬉しい連絡も来た。

そうして噂を塗り替えた張本人であるジェラルドは、にっこりとリディーに微笑んだ。

「ほら、大丈夫になりましたよ」

自信に満ちたジェラルドの表情に、リディーは「ええと、まぁ」とうろたえつつ返事をする。

これで当初の予定通りに戻れたのは確かだけど。

以前ならさらりと流せたのに、今は心の奥がくすぐったいような気がして、うろたえてしまう。

しかも今日は、久々に夜のお茶会をジェラルドとしていた。

秘密の扉を通ってやってきたジェラルドは、終始楽しげだった。

自分の計画通りに物事が進んだからだろうか。

「上手くいって良かったですわ。結婚に支障はなくなったようなものですもの」

リディーがそう言うと、ジェラルドが意味深な笑みを浮かべる。

「ええ。これで一年後も離婚するわけにはいかなくなりました。大恋愛の末にあっという間に離婚などしたら、これも大きな話題になってしまって、ブレア公爵令嬢が自分と再婚しろと押しかけてくるかもしれません」

リディーは返答に詰まる。

ジェラルドの言う通りだったが、離婚したくないと言われてどう答えていいのかわからない。

(それを喜んだら、まるで私がジェラルド様を好きだって言っているようなものではありませんか！)

嫌いではない。むしろ好きな方。

だけどはっきり言うのは恥ずかしすぎる。

「ああああの、もう眠たくなってしまいましたわ」

とっさにリディーはそうごまかした。

(眠いからさよならって、子供みたいなことしか考えられないなんて！)

自分の想像力に絶望したが、焦《あせ》っている状態ではこれ以上に良い言葉が浮かばない。

ジェラルドはそれでも、言い訳だとは言わずに受け入れてくれた。

「それでは仕方ありません。寝不足であなたの美しさを損なってはいけませんから」

「あ、ありがとうございますわ。では……」

「あなたが眠るまで側《そば》で見守りましょう」

そう言うと、ジェラルドが立ち上がる。

「え、見守るって」

「失礼します」

ジェラルドがリディーの側にひざまずく。

そしてリディーの室内履きを脱がせて、突然のことに硬直している間に、リディーを抱え上げた。

「…………!?」

びっくりしているリディーを、ジェラルドは寝台に横たわらせる。

(こ、この状況はちょっと……！)

緊張したリディーだったが、ジェラルドはかいがいしくリディーに寝具を掛け、しっかりと温かくなるようにしてくれた。

（……お母さんかしら？）

まるで母のような行動に困惑していると、その不意を突いたようにジェラルドが額に口づけを落とした。

「おやすみなさい、未来の奥さん」

「…………ふぇっ！」

とんでもない言葉に、リディーは悲鳴を上げるしかなかった。


それからは、結婚式の準備に日々を費やしたのだが。

「だからって、まさか学院で仲良しを演じてきたなんて……」

結婚式当日になっても、そんな文句を言っているのはサーシャだ。

苦虫を噛《か》み潰《つぶ》したような表情をしている。

それでも茶色の髪が、着ている黒のマントや上着に映えてとても似合っているので、はたから見ると憂いの表情の美青年にしか思われないだろう。

「予定通りの結婚ですから」

リディーはそう言ってなだめる。

内心では（キスの噂までは聞いてないみたいで良かったですわ！）と思いながら。

そうでなければ、こんな結婚式直前でもサーシャに問い詰められてしまったかもしれない。学院の庭で愛の告白をしたという噂を聞いただけでも、日に一度は不満を顔に出していたから。

一方のリディーは、長く白のレースのトレーンを引いたドレスを身に着けていた。ドレス自体に薄いレースを重ねているので、トレーンが一つだけ長く伸びた花びらのように見えて華麗だ。

胸元から腰にかけて縫い留められた沢山の黄色の薔薇《ばら》の造花は繊細で、本物に見えるほど。髪を覆うベールは、黄色の宝石がちりばめられたティアラで留められている。

今日は結婚式だ。

二方面からの噂をばらまいたことで、リディーの評判が落ちるのは避けられた。だから当初の予定通り、王都の大神殿で派手に挙式が行われることになった。

現在は神殿の大聖堂の前で入場のため待機中だ。

付き添うサーシャは、リディーの父が亡くなっているのでその代理である。

最初、それを嫌がるかと思った。

でもリディーとジェラルドの結婚は契約だから、すでにのみ込んでいることだとサーシャは淡々と応じてくれた。

やはりサーシャは心が広い人だとリディーは感心したのだった。

神官が内側から扉を叩く音がした。

入場の合図だ。

リディーの手を捧《ささ》げ持つようにしてエスコートしてくれるサーシャ。

そんな彼と一緒に、ゆっくりと開かれる扉をくぐり、祭壇の前までリディーは歩き出す。

この式には沢山の人々が参列してくれている。

ほとんどカーティス侯爵家に関連のある貴族だが、モートン家と取引のある商人の姿も多い。

そして祭壇には、白に金糸と赤で彩られた正装の老大神官と、金の装飾と青の礼服の目の覚めるような色合いに負けない、秀麗なジェラルドの姿があった。

彼は祭礼用の白に金糸で模様を織り上げたマントを羽織っている。

近づくと、ジェラルドがリディーに手を差し出す。

一瞬、渡したくなさそうにサーシャがリディーの手を握ったが、すぐに離してくれる。

今度はジェラルドが、リディーの手を握った。

老大神官が、結婚に関する神の伝説を語り、同じように神の恩寵《おんちょう》が新たな夫婦の元に舞い降りるようにと祈る。

それに倣《なら》うように、膝を少し曲げてお辞儀をするように祈りを捧げた。

そうしてかがんだリディーとジェラルドに、老大神官が、神の花とされる白い薔薇の花びらを撒《ま》く。

ひらひらと舞い落ちる花びらは、式の終わりの合図だ。

祭壇脇に整列していた女神官達の祝福の歌を背景に、リディーとジェラルドは大聖堂を出る。

その道の前に、参列者が色とりどりの花びらを撒く。

参列者が撒く花は特に種類は指定されていない。そのため鮮やかな色とりどりの花の絨毯《じゅうたん》が出来上がって綺麗だ。

踏むのが申し訳ないくらいだなとリディーは思う。

「綺麗ですね」

ジェラルドがそう話しかけてくれる。

「ええ、とても。みなさん沢山花を用意してくださって嬉しいですわ。披露宴のお返しの品がこの嬉しさに見合うと良いのですけれど」

そんな話をしながら、大聖堂から今日の日のために白く塗られた美しい馬車に乗る。

晴れているので、今日は侯爵家の庭に出られる広間でパーティーを行うのだ。

「着替えをして、すぐにお客様を迎えて……それで、プレゼントを渡すのですから、到着したらまずプレゼントの確認ですわね」

やることを指折り数えていると、ジェラルドが笑う。

「ある程度のことは、あなたの家から呼んだ使用人がしてくれるでしょう」

「でも、自分で確認しないと落ち着きませんわ」

「……職業病ですか？　リディー」

名前を呼ばれて、リディーはどきっとする。

あの学院での一件以降、ジェラルドはリディーを呼び捨てにするようになった。

まるで心が近づいたみたいで、今でもくすぐったい。

「ず、ずっとたいがいのことはそうしていたので」

言い訳にもならないことを口にして、恥ずかしくなってうつむく。

そうしている間に、侯爵邸に到着した。

侯爵邸の方では、すでに準備を整え終えていたようだ。

リディーはパーティーをする広間を確認しに行ったが、使用人達もバタバタとせず、自分の配置についてくれている。

「みんな今日の準備をありがとう。プレゼントはどこに置いたかしら？」

尋ねると、モートン家から応援で呼んでいた従僕が、エントランスに置いたことを教えてくれる。

さっそくリディーは確認に行くことにした。

「お休みなさってからでもいいのでは？」

出迎えてくれたアシナが心配そうに言う。

「落ち着かないらしいんだ」

苦笑気味にジェラルドは言うものの、リディーの好きにさせてくれる。

そういうのを感じる度、リディーはむずむずするのだ。

（まるで、理想の夫みたいで……）

それを考えると、好きだという言葉やキスのことを思い出したりして、なんだか心臓に悪い。

考えないようにしつつ、リディーは、足早にエントランスへ向かった。

花を大きな花器を使って飾り、結婚式のパーティーらしい幸せな雰囲気を作り上げていたエントランス。

客を迎えるために、扉が大きく開かれたままになっているので、いつもより明るい。

そんな中、扉の外に人影を見つける。

「あら。誰かいるのでは？」

不思議に思うと同時に、エントランス横に積まれた、白いプレゼントの箱の山が少しくずれていることに気づいた。

リディーは嫌な感じがする。ジェラルドも同じだったようだ。

「そこに人がいる、捕まえろ！」

ジェラルドの声に、ついてきていた従僕が走る。

リディーとジェラルドも追いかけた。一人だけで捕まえられるとは思えなかったからだ。

相手も、どうやらこんなに早く見つかるとは思わず、そこに潜んでいたようだ。

慌てて逃げ出した。

顔を見られないようにか、深くこげ茶色のフード付きマントを身に着けている。体格からして男だ。

「待て！」

そう言って待つわけもないが、追いかける。

先方も必死になった。

マントがばたばたとはためいて、やがてフードが落ちそうになる。

男は手で端を掴《つか》んだものの、それが悪かったようだ。

侯爵邸の客が馬車を停める場所の近くまで来たというのに、体勢をくずして男が転んだ。

「痛あっ！」

そうしてフードが取れ、出てきたのは――見覚えのある四角い顔だった。

「ペルカ子爵ではございませんこと⁉」

久々に見たペルカ子爵だった。

しばらくは悪い噂を流したことで警戒していたが、さすがに今日はリディーも彼の存在を忘れかけていたのだ。

名前を呼ばれたペルカ子爵は、憎々しげにリディーを見つつ、まだ立ち上がろうとした。

けれど従僕に取り押さえられる。

まだ暴れるペルカ子爵。

その服のポケットから、バラバラと何かをばらまいた。

(小さい……玉?)

灰色の親指の先くらいの大きさのボールだ。

一瞬、爆発物か何かかと思って、リディーは離れる。

それと同時だった。

灰色のボールが、次々に黒い煙を上げ始める。

「離れろ!」

ジェラルドは危険と判断して、従僕にペルカ子爵から離れるよう指示した。

その間にも煙がどんどん増えていく。

小さなボールの中に、そんなに詰められないだろうと思うぐらいに。

しかも悪いことに、そのタイミングで神殿から移動してきたパーティーの客達が来たようだった。

馬車が次々入ってきて、少し離れた場所で立ち上る煙に悲鳴が上がる。

「敷地内に入った者は屋内へ! それ以外は敷地の外へ!」

指示を叫ぶジェラルド。

彼の声を聞きながら、リディーはボールから目を離せずにいる。

やがて黒い煙がふわっと集まって形を作る。

一抱えありそうな、大きなネズミの姿に。

遠目にそれが見えたらしい馬車が、急いで敷地の外へと引き返していった。

門を守る私兵が、慌てて門を閉じる。

近くにいた者達はある程度離れたけれど、リディーは戸惑う。

「これは、どうすれば……」
一四、二四……全部で二十四はいる。
「ははは、ざまぁみろ！」

ここに至ってペルカ子爵は隠すのをやめ、堂々と笑うことにしたらしい。

「私を馬鹿《ばか》にした者達が、あんのんと結婚式を挙げて祝福されるなど、できると思うな！　やれ！　魔物達！」

ペルカ子爵がリディーを指さすが、真っ先に襲われたのはペルカ子爵だった。

「ぎゃあああ！」

悲鳴を上げながら逃げる子爵。

でもリディー達ものほほんとそれを観察していられない。

襲い掛かってくるネズミから、ジェラルドが庇《かば》おうとしてくれる。

でもその前に、リディーは近くにいたネズミを蹴り上げた。

「え……」

信じられないものを見た、と宙を舞って落ちるネズミとリディーの足元を二度見するジェラルド。

でも彼は呆然《ぼうぜん》としていたわけではない。

手には、飾りかと思っていた剣を抜いて持ち、それで飛び掛かってきたネズミを二匹一気に斬り飛ばす。

「リディー、大丈夫ですか？」

困った末に、ジェラルドはそう尋ねた。

「平気ですわ。できれば私も剣などあると良かったのですが……」

「腕に覚えがおありで？」

「少し練習いたしましたの」

それもこれも、誘拐事件があったからだ。

魔術は使いたくても使えない。それなら武器をと思ったのだ。

それにあの時の恐怖と比べたら、小型の魔物ぐらいではリディーは驚かない。そもそも魔物なら、ロアンナ達が変化した姿で多少慣れがあった。

「でも多すぎますわ。噛まれたくありませんし、どういたしましょう？」

「大丈夫です。応援が来ました」

言われて横を見ると、屋敷の方から網を手に走ってくる使用人達の姿があった。

「今お助けします奥様、当主様！」

「てやああ！」

みんな猫の魔物で慣れているので、やすやすとネズミを捕獲していく。

捕まえたネズミを袋に詰めていくのは執事のゲランだ。

普段は捕まえられる役なので、捕獲の腕はいまいちだが、袋詰めにしたネズミを外側から一気に刺し貫いていく姿は、いつもの鬱屈《うっくつ》を晴らしているようにも見える。

そんな使用人達と、意外と強いジェラルドのおかげで、瞬《またた》く間にネズミの数が減る。

「ジェラルド様、腕に覚えがあったのですね」

リディーはついそんなことを口走ってしまった。

けれどジェラルドは気を悪くした様子はない。

「一応、御前試合などにも出たことがありますし、過去に魔物の討伐も参加したことがありますから」

ほとんど見かけなくなっても、魔物が出没したという話は毎年聞く。

たいていはその領地の騎士や私兵が討伐するので、結果を噂で聞くことが多いのだけど。

なるほど、侯爵家の当主ともなれば、討伐にも行くのかもしれないとリディーは納得した。

そうして残るは、逃げ回るペルカ子爵に集まった十数匹のネズミだったが。

ふっと空気が集まるような感覚があったかと思ったら、ペルカ子爵の足元で爆発が起きた。

宙を舞いながら、衝撃のせいで黒い煙に変わって消えていくネズミ達。

ついでに飛ばされて塀に背中からぶつかるペルカ子爵。

「魔術⁉」

一体誰がと思った時、門の方から入ってきたサーシャに気づく。

魔術師らしく、銀色の短い杖《つえ》をペルカ子爵に向けていた。

「素晴らしい魔術が使えるようになったんですのね！」

過去にリディーが見たのは、風を起こす魔術だけだった。まさか爆発を起こすようなものも使えるとは。

サーシャは少し照れたように視線をそらす。

「俺だって、あれから色々あったから……」

「それもそうですわよね」

とにかくそれで、全てのネズミを始末できたようだ。

そしてペルカ子爵だけが、ぽつんと座り込んでいる状況になった。

「さあ、どうしてくれようかしら」

じりっと、リディーやジェラルドにサーシャ。カーティス侯爵家の面々でペルカ子爵を囲む。

この状況になっても、ペルカ子爵は自分が被害者だと主張する。

「おおお、お前達が悪いんだ！　こちらが上手く商売を軌道に乗せられると思ったら、結婚話は間違いだったとか、人を馬鹿にしおって！」

「馬鹿になどしておりませんわよ？　でも、あの時も私の母が丁寧《ていねい》に説明いたしましたのに、全て無視されましたものね、きっと話し合いすら無駄でしょう」

たぶん、相手をすればするほどペルカ子爵はうるさくわめき、その様子に嫌気がさした周囲にカーティス侯爵家まで悪く思われてしまう。

リディーはそんな愚を犯すつもりはない。

「どうするつもりですか？　あなたのしたいようにしてください」

隣のジェラルドは、何もかも心得たように微笑んでくれる。

安心して、リディーは笑顔で宣言した。

「王都内に魔物を引き入れたのですから、相応の罪状を子爵がいただけるようにいたしましょう」

「あー……」

サーシャはここでそこに思い至ったようだ。

ロアンナやゲラン、メイド長が魔物になった時、なぜ必死に隠してきたのか。

魔物は消滅させるべきものだからだ。

そして王都へ引き入れた者は――死刑だ。

魔物の姿を辺境地でしか見かけなくなった今も、この法は変わっていない。

(爵位も領地も何もかも、取り上げられるでしょうね。あんなに大切にしていた商売も)

でもそれら全ては、ペルカ子爵が選んだ道だ。

彼とて貴族の一員なのだから、平民と違って魔物に関する法律は知っていたはず。

「確実に、子爵を叱っていただけるでしょう。それに証人も沢山いらっしゃいますし」

リディーが視線を転じれば、門の柵越しであればいくらか安全だと思ったらしいパーティーの招待客が、鈴なりになってこちらを見ていた。

ペルカ子爵が、魔物が出てくるボールを落としたあたりから目撃していた人も多いだろう。

「そうそう、あの魔物をどこから仕入れていらしたのか、子爵の商売についても司法に追及していただきましょうね？」

微笑んだリディーに、ペルカ子爵が呻《うめ》く。

「あ、悪女め……」

「過分なお褒めの言葉ありがとうございますわ」

おほほほほと笑ったリディーだったが……。

横でサーシャが「あーあ」とつぶやいたことも、そんなサーシャにゆるく首を横に振ったジェラルドの行動の意味も気づいていなかった。

ウエディングドレスのまま魔物を蹴り飛ばし、犯人を追い詰めて笑う姿が、周囲にどう見えるのかがこの時、ちょっとわかっていなかったのだ。

たぶん、疲労や結婚式が無事に終わったこと、パーティーを潰されそうになったことに、魔物と対峙《たいじ》するという非日常が重なって、正常に判断できなかったのだろう。

そうしてペルカ子爵は、間もなく到着した王国の兵士に囚《とら》われて連れて行かれた。

リディー達はそのまま、会場が荒らされていないこともあって、パーティーを開催することにしたのだった。

## エピローグ　結婚式のその後で

時は流れて、結婚式の三日後。

ペルカ子爵の刑は早々に確定した。

爵位や財産もはぎ取られて、着の身着のままでの国外追放である。

正直、一銭も持たないどころか、剣も持たずに峠道を歩けば、すぐに山賊の餌食《えじき》になりかねない世界だ。

王家が直接手を下さないだけ、という刑なのだろう。

でも執行は、しばらく拘留した後に……となった。

おそらく魔物の卵のようなものをどこから手に入れたのかとか、入手先を調べつくしてあちこちに売っていないかを確かめるためだろう。

「あんな形で魔物を運べるなんて、誰も思わなかったからな。おかげで捜索に入った先で魔物と遭遇した時のためにと、駆り出されるなんて……」

不満顔のサーシャは、外出の準備を整えていた。

といってもきらびやかな衣装ではなく、目立たない茶色のマントに枯草色の衣服や黒のズボンといった服装だ。

捜索や突入をする時に、魔物に対抗できるようにと王家から要請があったらしい。

「でも、サーシャ様が行かなくてもよろしいのでは？」

次期侯爵のサーシャを、いくら魔術師らしいと評判になってしまったとはいえ、わざわざそういった仕事に引っ張り出す必要はないはずだ。

数が少ないとはいえ、王家にはつながりのある魔術師がいるだろうに、とリディーは思うのだ。

「仕方ない。俺は……王家の血筋だからな」

「え……王族でいらっしゃった？」

思わず聞き返すと、サーシャが苦笑いする。

「端っこのさらに端っこだから、誰も知らないが。内緒にしておけよ。とにかくそれで、ロアンナ様とのつながりがあったから、侯爵家の養子に入ったんだ」

分家の子供だとされていたが、実は違ったらしい。

精霊の呪いの件があるので、分家の子でも大丈夫なのだろうか？　と不思議に思ったことはあったが、それならば納得だ。

ロアンナと仲が良いのも、彼女の方がサーシャにとっては血が近い親族だったからか。

「とにかくこれで、俺がカーティス侯爵家の次期当主だと印象付けられるという利点もある。

魔術師だから侯爵家は分家から養子にしたんだ、ということなら納得する者も多いし、当主になった後でもやりやすい。元の身分についても誰も気にしなくなるだろうからな」

「そうだったのですね。でも、お気をつけてくださいませ」

バルコニーがある居室でお茶をしていたリディーは、立ち上がって一礼する。

するとサーシャが言った。

「それなら無事でいられる魔術をかけてくれないか？」

「私にも、魔術が使えるんですの？」

「ああ、とても簡単だ。目を閉じて、両手を握って」

サーシャの指示で、両手を握って祈りを捧《ささ》げるような状態になったとたん、頬《ほお》に何かが触れた。

「――――!? なんですの!?」

叫びつつ、それが何かリディーにはわかっていた。

キスをしたことがあったから。

頬に触れたのが、サーシャの唇だとすぐに気づいてしまったのだ。

サーシャは悪びれた顔もしなかった。

「魔術だよ。今はこれだけでいい」

そう言って、居室からさっさと出て行ってしまう。

「ちょっ、サーシャ様!!」

どうしたものかと思う。

話をしようとしたとたんにサーシャが逃げてしまうので、あれからサーシャの求婚について、はっきりと断れずにいた。

一方でサーシャの気持ちもわかる。

「あれだけジェラルド様と噂《うわさ》になったのですもの。面と向かって断られるかもしれないと思ったら、逃げたくなるのかもしれませんわ。ましてや、あと一年は一緒に暮らすのですし」

険悪になりたくないし、泣かせたいわけでもない。

サーシャもそう思っているし、リディーも同じ気持ちだ。

そうすると、解決してくれるのは時間かもしれない、とリディーは思う。

サーシャだって、のみ込めるほどの時間が経《た》てば、彼から穏やかに手を離してくれるに違いない。

「その間に、お義母《かあ》様を完全に治せるといいわね」

精霊のおかげで三時間は魔物化しなくなったロアンナだったが、それ以上はどうにもこうにもできずにいる。

しかもゲランやメイド長はそのままだ。

とはいえロアンナだけでも少しは呪いを遠ざけられて、使用人達は大喜びしてくれている。

もっと研究しなければ……と思っていたら。

バン！　と勢いよく扉が開いた。

「ひゃあっ！」

びっくりして持っていたカップを落としそうになったリディーは、あわあわしながらもカップをソーサーに戻した。

「な、なんですのジェラルド様？」

荒っぽく入ってきたのはジェラルドだった。

「リディー、あなたはちょっとうかつすぎです。頬だけでも許すべきではありません」

いつになく焦《あせ》った表情のジェラルドから苦言が飛んできた。

その内容から、さっきのを見ていたらしいとわかったリディーは悲鳴を上げたくなった。

（恥ずかしいし、ものすごく後ろ暗いのですわ！）

リディーがわざとやったわけじゃないし、不意を突かれたのでリディーにとっては事故なのだけど。

「あの、あれは私にとっては事故ですのよ！」

「そうかもしれませんが、うっかり騙《だま》されたのも事実です」

ジェラルドの指摘にぐうの音《ね》も出ない。

「申し訳ございませんわ……。人妻になりましたのに」

隙があったのは事実なので、謝罪した。

するとなぜか、ジェラルドが口元を押さえて横を向く。

「人妻……」

とつぶやいたので、その単語が何かジェラルドに衝撃を与えたらしいが、リディーにはよくわからない。

ただ、ジェラルドの方はそれで少し落ち着いたらしい。

「きつい言い方をして申し訳ありません、リディー。でも、僕もサーシャがあなたに恋していることを知っているので」

「………‼」

まさか、サーシャがリディーに求婚したあの話を知っているのか！

リディーは言い訳がましく自分の推測を口にする。

「サーシャ様はきっと、つり橋効果というもので私を理想化したのだと思われますわ！　そして会わないうちに理想化しすぎたのです、きっと！　でなければ私のような者に恋するなんて、そんなことあるわけがございませんわ！　特別美人でもありませんのに」

「でも、僕は好ましいと思っていますよ。あなたの顔をずっと見ていたいですし、魅力的です」

「みっ、みっ」

誉《ほ》め言葉の衝撃が強すぎて、リディーは「みっ」と繰り返すロボットのようになってしまう。

「そういう驚き方や、嘆き方なんかも、いちいち僕の好みでして。だからあまり他の男には振り返ってほしくないというか。その点で言うと、今一番僕の敵になりそうなのはサーシャなのですが……」

ジェラルドが甘い言葉を吐き続けていたかと思うと、最後に妙なことを付け加えた。

リディー自身のことと考えなければ、すぐにその不思議さがわかる。

世の中に男性は沢山《たくさん》いるのに、なぜにサーシャ限定なのだろう。

首をかしげそうになっていると、察したジェラルドが教えてくれた。

「先日、ペルカ子爵の魔物を退治しましたよね？」

「はい」

リディーも参加したのでしっかり覚えているが。

「あれのせいで、巷《ちまた》では『カーティス侯爵家に嫁ぐには、魔物に対抗する特殊な訓練が必要だ』とかいう噂が流れているそうで」

「……なぜ、そんなことになったのでしょう？」

「リディーが恐れもせずに魔物と戦ったからでしょう」

率直な答えを聞いてしばし考え、改めてあの時の自分の所業を思い出したリディーは、顔を手で覆う。

積極的に、しかも武器を使うどころか自分の足でやったのだ。弁解の余地もない。

「あなたが元々、魔物や魔術に傾倒していたことも尾ひれがつく要素になったかもしれませんね。あと、我が家の使用人達も慣れた様子で魔物を捕まえていたので、侯爵家の使用人になるにも、あの技量と胆力が必要で、選び抜かれているから少数なのだろうと言われているそうです」

ロアンナ達の魔物化で鍛えられたことで、こんな風に思われるとは。

「とっさの事態だったとはいえ、なんだか申し訳ないですわ。ペルカ子爵が恨みを持っていたのは私でしたのに」

リディーと結婚することにならなければ、カーティス侯爵家はそんな風に言われずに済んだのだ。

下を向きそうになっていたリディーだったが、側《そば》に来たジェラルドの指によって顎《あご》を持ち上げられる。

覗《のぞ》き込むジェラルドと視線が合う。

彼はとても楽しそうに言った。

「良かったですよ、僕は。これでリディーは普通の貴族家との再婚は難しくなります。それならば、このまま僕との結婚を継続したらいいわけですしね」

「え、でも離婚は」

「サーシャに当主を譲っても、別に離婚しなくてもよいのですから」

若い前当主夫妻になるだけだと説明しつつ、ジェラルドはさらに近づく。

「今のうちに、結婚継続のお約束をしませんか？　それとも、僕のことが嫌いですか？」

（また答えにくいことをおっしゃるのね！）

リディーは追い詰められる。

「き、嫌いじゃありませんわ」

むしろ好みではあるけど、今まで恋愛などしたことがないリディーは、それを正直に言うのが恥ずかしくてたまらない。

「では結婚を一年後も継続することを、お約束いただけますか？」

顔を近づけつつ言われて、リディーは思わず身を引きそうになる。

が、肩を掴《つか》まれた。

これは答えてくれないと困るということかと、観念した。

「わ、わかりましたわ。一年後まで問題なければそのまま……」

「良かった！」

ジェラルドがぎゅっとリディーを抱きしめてくる。

とりあえず質問が終わったのと、ジェラルドの顔が迫ってこなくなったので、リディーはほっとした。

（少し……こうして抱きしめられているのも、なんだか心地良いように思うのもありますけど）


でもこういうことなら、親子でもするから。

なんて油断したのがいけなかった。

「こういうのは嫌ではありませんか？」

ジェラルドに聞かれて、リディーはうなずいた。

「親子でも抱きしめあうことはしますから……。一応、夫婦ですし」

「そうでしたか。リディーは恋愛ごとを恥ずかしがる方のようなので、嫌がらないか心配していました」

「ええと。そこまででは……」

実は恥ずかしいけれど、素直に認められないリディーがあいまいに否定する。

するとジェラルドが抱擁を解いて、顔を合わせて言った。

「それでは今日から、少しずつ夫婦らしくしていきましょう」

「夫婦らしくするというと？」

「こういうことです」

ジェラルドはそのまま、リディーに口づけしてくる。

「あのっ」

リディーの言葉は、吸い込まれるように消えてしまう。

ちょっと心の準備が、と言いかけたリディーだったが、でも心の準備なんて一生できそうもないと自分でも思ってしまう。

だからかもしれない、少し強引なやり方が嫌じゃないと思うのは。

それに何度か口づけたせいなのか、ジェラルドの唇のやわらかさにも慣れてしまって、むしろそうしてくれることで好きという気持ちを証明してくれているように感じる。

こんなにも、自分を必要としてくれているんだという安心感に、リディーが溺《おぼ》れてしまいそうになったところで、ジェラルドが離れた。

「ではまた夜にお会いしましょう」

そう言われてドキッとしたリディーだったが、あることを思い出す。

「でも今日は、例の猫になる日では？」

ジェラルドが少ししゅんとしてしまった。

けれどすぐに微笑《ほほえ》んだ。

「そうしたら、猫にならなかったら、またお部屋にご訪問しますので……覚悟してください」

ジェラルドは、さっとリディーの頬に口づけると、機嫌よく居室から立ち去る。

一人残ったリディーは、言われた内容の意味することに気づいて恥ずかしさで、テーブルに突っ伏してしまったのだった。

でも拒否したいわけじゃない。

「嫌じゃないから……困るのですわ」

だけど予告なんてされたらどうしたらいいのか。

リディーはぐるぐると考えた末に、祈ることにした。

「今日は、皆様が猫になりますように」

そうして時間を稼いでいるうちに、もしかしたら自分も少し、恥ずかしくならなくなるかもしれないから。

そんなことを考えてしまうのだった。

# あとがき

この度は『精霊侯爵家の花嫁は二人に求婚されています』をお手に取っていただき、ありがとうございます！

今回は、転生して貴族令嬢になった主人公がお見合いをしたら、なぜか侯爵に求婚され、その養子にまで求婚されるという、一歩間違うと昼ドラか？　というお話です。ただし恋愛下手主人公のせいで昼ドラ要素が裸足で逃げ出すのを、求婚者二人がなんとか引き戻そうと努力するような感じになっております。

どうやって引き戻そうとしているのかは、本文を読んでいただければ嬉しいです！

さて今回も、担当編集様には大変お世話になりました。

イラストレーターの宵マチ様にも大変感謝申し上げます！　美しく描いていただいたリディーもジェラルドもサーシャも、そして猫達もとても素敵でした！

また編集部の皆様や校正様。印刷所の方々にも感謝を。

そしてこの本を選んでくださった読者の皆様に感謝申し上げます。

佐槻奏多

IRIS ICHIJINSHA　迅 ICHIJINSHA

# 精霊侯爵家《せいれいこうしゃくけ》の花嫁《はなよめ》は二人《ふたり》に求婚《きゅうこん》されています

2025年 4月1日　初版発行

著　者■佐槻奏多

発行者■野内雅宏

発行所■株式会社一迅社
〒160-0022
東京都新宿区新宿3-1-13
京王新宿追分ビル5F
電話03-5312-7432(編集)
電話03-5312-6150(販売)

発売元：株式会社講談社
(講談社・一迅社)

印刷所・製本■大日本印刷株式会社

DTP■株式会社三協美術

装　幀■前川絵莉子
(next door design)

落丁・乱丁本は株式会社一迅社販売部までお送りください。送料小社負担にてお取替えいたします。定価はカバーに表示してあります。
本書のコピー、スキャン、デジタル化などの無断複製は、著作権法上の例外を除き禁じられています。本書を代行業者などの第三者に依頼してスキャンやデジタル化をすることは、個人や家庭内の利用に限るものであっても著作権法上認められておりません。

ISBN978-4-7580-9714-7
©佐槻奏多／一迅社2025　Printed in JAPAN

●この作品はフィクションです。実際の人物・団体・事件などには関係ありません。

この本を読んでのご意見
ご感想などをお寄せください。

**おたよりの宛て先**

〒160-0022
東京都新宿区新宿3-1-13
京王新宿追分ビル5F
株式会社一迅社　ノベル編集部
佐槻奏多《さつきかなた》 先生・宵《よい》 マチ 先生